# अनजान टापू

The Blue Lagoon

का हिन्दी अनुवाद

किशोर उपन्यास

# अनजान टापू

**स्टैकपोल के प्रसिद्ध उपन्यास**

The Blue Lagoon

का हिन्दी अनुवाद

पब्लिकेशन्स
अतुल्य

प्रकाशक : अतुल्य पब्लिकेशन्स
सी-5/एफ-2, ईस्ट ज्योति नगर
शाहदरा, दिल्ली-110093
atulmaheshwari1970@gmail.com



संस्करण : 2022

आईएसबीएन : 978-93-82553-33-5

मूल्य : ₹ 395/-

शब्द-संयोजन : कम्प्यूटेक सिस्टम, दिल्ली-110032

मुद्रक : हर्ष प्रिंटर्स, दिल्ली-110094

# एक

रात का सुरम्य और शांत वातावरण जहाज के डेक पर सुंदर लग रहा था। आकाश में तारे टिमटिमा रहे थे। हवा धीरे-धीरे चल रही थी। दूर तक फैला हुआ शांत सागर भी मानो उस रात के सन्नाटे में सो रहा था। उस सन्नाटे में कभी-कभी पतवार की चरमराहट सुनाई दे जाती थी। जहाज सागर की लहरों पर धीरे-धीरे हिलोरे खा रहा था।

नीचे केबिन की कुर्सी पर बैठे मि. लेस्ट्रेंज एक किताब पढ़ रहे थे। केबिन के कोने में एमेलाइन बैठी अपनी बाहों का झूला बनाकर गुड़िया को सुलाने का प्रयत्न कर रही थी। नौ वर्षीय डिकी मेज के नीचे घुसा हुआ खेल रहा था।

इसी समय केबिन का दरवाजा खोलकर श्रीमती स्टेनार्ड ने अंदर झाँका। इनके आने का मतलब था कि सोने का समय हो गया। मि. लेस्ट्रेंज ने किताब बंद करते हुये मेज के नीचे झाँक कर कहा—"डिकी, सोने का समय हो गया!"

डिकी—"मैं अभी नही सोऊँगा। मैं आपके साथ सोऊँगा।" परंतु श्रीमती स्टेनार्ड ने आगे बढ़कर उसे पकड़ लिया और झिड़कते व बड़बड़ाते हुये डिकी को उठा लिया। एमेलाइन भी यह सोचकर कि अब उठना ही पड़ेगा, अपनी गुड़िया सँभालते हुये उठ खड़ी हुयी। अब तक डिकी का रोना कुछ कम हो चुका था। उसने अपना आँसू भरा मुँह पिता के सामने चुंबन पाने के लिये बढ़ा दिया। एमेलाइन भी चुपचाप चाचा के पास आ गई और माथे पर चुंबन पाकर जल्दी से केबिन के बाहर निकल गयी।

मि. लेस्ट्रेंज ने फिर किताब खोलकर अपना मन उसमें लगाया ही था कि केबिन का दरवाजा खोलकर एमेलाइन ने अपनी रात की पोशाक में फिर प्रवेश किया।

"मेरा डिब्बा!" कहते हुये उसने हाथ बढ़ाकर एक भूरे रंग का छोटा डिब्बा

उठाया और मुस्करा उठी। उसका मुँह बाल सुलभ चंचलता व खुशी से चमक उठा और वह दौड़ती हुयी लौट गयी।

मि. लेस्ट्रेंज ने फिर किताब में मन लगाया।

जहाज में इतने यात्रियों के सामान से भी ज्यादा इस छोटे से डिब्बे के कारण सबको परेशानी हो रही थी। यह डिब्बा मि. लेस्ट्रेंज की किसी महिला मित्र ने बोस्टन से चलते समय उसे दिया था। उसमें क्या था यह खुद उसको तथा उसके चाचा के सिवाय किसी को मालूम न था। मुश्किल यह थी कि वह डिब्बा प्रायः खो जाता था। एमेलाइन उसको बहुत सँभाल कर रखती। रस्सियों के ढेर के पीछे छिप कर बैठ जाती। किसी विचार में बेसुध हो जाती। जब किसी आहट से जगती तो देखती उसका डिब्बा गायब है।

और तब वह पूरे जहाज में परेशान-सी घूमती उस डिब्बे की खोज में। जहाज के सब हिस्सों में झाँकती पर किसी से कुछ कहती नहीं थी। उसको कहते हुये शरम आती थी। पर सब लोग समझ जाते थे और ढूँढ़ते थे। परंतु आश्चर्य कि वह हमेशा मि. बटन को ही मिलता था। मि. बटन हमेशा दूसरे की नजरों में हर काम गलत करता था; पर बच्चों के लिये वह बहुत ही आकर्षक था।

मि. लेस्ट्रेंज ने एक आह भरते हुये किताब बंद कर दी और केबिन में चारों ओर नजर डाली। वह एक बड़ा-सा केबिन था। फर्श पर सुंदर कालीन बिछा था। तभी उनकी नजर सामने के शीशे में अपने कमजोर शरीर पर जा अटकी और उन्होंने अनुभव किया कि उन्हें मरना तो है ही, बल्कि जल्दी ही मरना चाहिए। देर तक वह मेजपोश पर पड़े एक स्याही के धब्बे को गौर से देखते रहे फिर एकाएक उठ खड़े हुये। बाहर डेक पर आकर उन्होंने एक लंबी साँस भरी। धीरे से आकर एक कुर्सी पर बैठ गये और एकटक आकाश की ओर देखते रहे। छोटे-छोटे अनगिनत तारों की वह रेखा चंद्रमा के पास पहुँचते-पहुँचते फीकी पड़ गयी थी।

तभी उन्होंने एक अधेड़ सज्जन को डेक पर आते देखा। यह थे कप्तान ले फार्ज।

"पता नहीं आज हवा कहाँ खो गयी है। लगता है आकाश में किसी छेद के द्वारा उसके पीछे निकल गयी है।" कहते हुये कप्तान भी पास ही एक कुर्सी पर बैठ गये।

"बहुत लंबी यात्रा है कप्तान, मुझे लगता है मेरी यात्रा का अंत फ्रिस्को नहीं, बल्कि मेरी यात्रा और भी लंबी है।"

"ऐसी बातें सोचने से कोई फायदा नहीं।" कप्तान ने कहा।

''मैं बच्चों के बारे में सोच रहा हूँ। यदि मुझे बंदरगाह पर पहुँचने से पहले कुछ हो गया तो तुम्हें मेरे लिये कुछ करना होगा, कप्तान साहब! मि. लेस्ट्रेंज ने कहा–''मुझे यहाँ से ऐसे हटा देना कि बच्चों को मालूम न हो। उनको मौत के बारे में कुछ पता नहीं है।'

कप्तान चुप रहे।

''एमेलाइन दो वर्ष की थी जब उसकी माँ की मौत हुयी। उसके पिता, मेरे भाई उसके जन्म के पहले ही परलोक चले गये थे। डिकी को भी माँ के बारे में कुछ नहीं मालूम है, जन्म देने के बाद ही उसकी माँ का देहांत हो गया था। मैंने 'मौत' शब्द ही उन दोनों से छिपाया है।''

''यह बहुत दुःख की बात है!'' लंबी साँस लेते हुये ले फार्ज ने कहा।

और मि. लेस्ट्रेंज कहते ही गये, ''जब मैं डिकी की उम्र का था, मेरी धाय मुझे बहुत डराती थी। मरे हुये लोगों के बारे में बताकर मुझसे कहती थी कि यदि तुम अच्छे बच्चे न बनोगे तो नरक में जाओगे। मैं कह नहीं सकता कि उसने मेरे जीवन में कितना विष घोल दिया, कप्तान साहब, क्योंकि जो विचार हमारे बचपन में होते हैं, उनका काफी असर आगे हमारे जीवन पर पड़ता है। क्या बीमार पिता के बच्चे तंदुरुस्त हो सकते हैं।''

''मैं तो सोच भी नहीं सकता!'' कप्तान ने कहा।

''मैंने दोनों बच्चों को हर तरह के डर से दूर रखा है, मुख्यतः मौत के डर से। मैं कह नहीं सकता कि यह मैंने ठीक किया या नहीं, पर मैंने पूरी कोशिश की है। डिकी के पास एक बिल्ली थी। एक दिन उसने मुझसे कहा–''डैडी पूसी बाग में सो रही है जगाने पर भी नहीं उठती।'' मैं उसको शहर में घुमाने और सरकस दिखाने ले गया ताकि वह पूसी को भूल जाये। दूसरे दिन जब उसने फिर पूछा तो मैंने कहा–''बेटा पूसी भाग गयी होगी और डिकी पूसी को धीरे-धीरे भूल गया।''

''यह ठीक है, परंतु मैं सोचता हूँ कि अब उन्हें कुछ सीखना चाहिए। कभी न कभी उन्हें भी मरना ही है।'' कप्तान ने कहा।

''यदि मैं किनारे पर पहुँचने से पहले ही मर जाऊँ तो यहीं कहीं समुद्र में फेंक देना। बच्चों से कह देना कि मैं किसी दूसरे जहाज से दूर चला गया हूँ। उन दोनों को बोस्टन वापस पहुँचा देना। यह पत्र एक महिला के नाम है जो इन दोनों को ठीक से रक्खेगी। दोनों धीरे-धीरे मुझे भूल जाएँगे। मैं नहीं चाहता कि इन बच्चों को किसी प्रकार का दुःख मिले।''

"जो आपने कहा है वह मैं जरूर करूँगा!" कप्तान ने कहा।

चाँद क्षितिज पर पहुँच रहा था। जहाज चमकते हुये पानी पर धीरे-धीरे हिलोरे ले रहा था। मस्तूल और पाल अब साफ-साफ दिखायी देने लगे थे। दोनों आदमी चुपचाप विचारमग्न बैठे हुये थे कि एक छोटी सी सफेद साया केबिन से निकली। वह एमेलाइन थी। वह प्रायः सोते में चला करती थी। सपनों की दुनिया में जाते ही उसका कीमती डिब्बा खो जाता और वह उसको खोजने चल देती।

मि. लेस्ट्रेंज अपने जूते उतार कर दबे पाँव उसके पीछे हो लिये। एमेलाइन हर जगह अपनी बड़ी-बड़ी आँखें फैलाए डिब्बे को ढूँढ़ती घूम रही थी। अंत में उसे उसका कीमती खजाना मिल ही गया और वह अपनी पोशाक सँभालते हुये तेजी से बिस्तर की ओर लौट चली। मि. लेस्ट्रेंज ने अपने हाथ उसकी ओर फैला दिये, जिससे कि वह लड़खड़ा जाये तो उसे बचा सकें।

# दो

शांत वातावरण का आज चौथा दिन था। जहाज के पिछले हिस्से में छाया के लिये पाल चढ़ा हुआ था। उसके नीचे मि. लेस्ट्रेंज बैठे हुये कुछ पढ़ने की कोशिश कर रहे थे। गर्मी का वातावरण होने के कारण डिकी भी सुस्त हो गया था। एमेलाइन भी चकित-सी मालूम होती थी। उसकी प्यारी गुड़िया भी दूर पड़ी थी। यहाँ तक कि वह अपने प्यारे डिब्बे के बारे में भी भूल गयी थी।

''पिताजी!'' एकाएक डिकी चिल्लाया। वह जहाज के नीचे झाँक कर कुछ देखने का यत्न कर रहा था।

''क्या है?''

''मछली!''

मि. लेस्ट्रेंज रेलिंग के पास आकर नीचे झाँकने लगे। नीचे समुद्र के हरे पानी में एक लंबी अस्पष्ट आकृति हिलती दिखाई दी और जल्दी ही गायब हो गयी। दूसरी बिलकुल पानी की सतह तक आ गयी। मि. लेस्ट्रेंज ने उसकी आकृति को ध्यानपूर्वक देखा, उसकी पूरी लंबाई और आँखों को देखा और एकाएक सिहर कर डिकी को कसकर पकड़ लिया।

''क्या वह सुंदर नहीं है।'' डिकी ने पूछा—''मैं उसे अपने साथ बहुत दूर ले जाऊँगा, लेकिन मेरे पास काँटा नहीं है। मेरे पास काँटा क्यों नहीं है पिताजी! ओह! आप मुझे बहुत कसकर दबाए हुए हैं पिताजी!''

तभी एमेलाइन ने आकर मि. लेस्ट्रेंज का कोट धीरे से पकड़ लिया और नीचे झाँकने का प्रयत्न करने लगी। मि. लेस्ट्रेंज ने उसे गोद में उठा लिया। एमेलाइन ने रेलिंग से बाहर की ओर झाँका लेकिन अब वहाँ कुछ भी न था। आकृतियाँ गायब हो चुकी थीं।

''उन्हें क्या कहते हैं पिताजी!'' डिकी ने पिता के साथ कुर्सी की ओर वापस जाते हुये पूछा।

“शार्क!” मि. लेस्ट्रेंज पसीने से तर हो रहे थे।

उन्होंने टेनिसन की किताब फिर से उठा ली पर उसे अपनी गोद में रखकर जहाज के डेक पर बाँसों से पड़ती हुयी लंबी परछाइयों को एकटक देखते रहे। वह सोचने लगे कि क्या जिस सागर में मुझे काव्य-कला, सौंदर्य और सुख मिला है उसी में ये भयावनी मछलियाँ भी रहती हैं? वह अपने सामने की किताब में लिखी सुंदर भावनाओं की तुलना उन आकृतियों से करने लगे जो उन्होंने अभी देखी थीं और जो केवल अपने खाने की तलाश में जहाज के नीचे दिखाई दे रही थीं।

शाम के साढ़े तीन बज रहे थे। जहाज की सेविका बच्चों को नीचे ले जाने के लिये आयी। उसके जाते ही कप्तान ले फार्ज जहाज के उस पिछले हिस्से में आये और कुछ देर तक खड़े-खड़े समुद्र की ओर ताकते रहे। अब एकाएक घना कोहरा डरा भूत के समान बढ़ता हुआ दिखाई दे रहा था।

“अब सूरज भी धुंधला पड़ने लगा है, मैं उस ओर देख सकता हूँ। घना कोहरा उठ रहा है। क्या कभी आपने प्रशांत सागर का कोहरा देखा है ?” मि. लेस्ट्रेंज की ओर देखते हुये कप्तान ने पूछा।

“कभी नहीं!”

“और अब कभी दूसरी बार देखेंगे भी नहीं।”

“सागर का दृश्य भी कुछ धुँधला होता जा रहा है!” कप्तान ने ध्यान से उस ओर देखते हुये कहा।

एकाएक कप्तान पीछे घूमे और सिर उठा कर कुछ सूँघने की कोशिश करते हुये बोले, “कहीं कुछ जल रहा है, सूँघिए, लगता है कहीं पुरानी चटाई या कोई कपड़ा जल रहा है।”

कप्तान जहाज के कमरे के पास पहुँच गये। उन्होंने जेकिन्स से पूछा—“क्या जला रहे हो ?”

“मैं तो कुछ नहीं!” जेकिन्स ने कहा।

“मुझे तो कपड़ा जलने की बू आ रही है।”

“पर यहाँ कुछ नहीं जल रहा है। बाहर डेक पर कुछ चिथड़े इत्यादि जलाने के लिये आग में डाले गये होंगे।” जेकिन्स ने कहा।

“कप्तान साहब!” लेस्ट्रेंज ने पुकारा।

“क्या है ?”

“कृपया यहाँ आइये। मैं नहीं जानता कि मेरी आँखों को भ्रम हो रहा है

या सचमुच कोई बात है। मुख्य मस्तूल के पार कुछ अजीब घटना हो रही है।''

मस्तूल जहाँ डेक में लगा था वहाँ से कुछ ऊपर तक चक्करदार घूमता-सा मालूम दे रहा था। यह भ्रम एक हल्के से धुएँ के बादल के कारण हो रहा था। जो धीरे-धीरे ऊपर को उठ रहा था।

''हे भगवान्!'' चिल्लाते हुये ले फार्ज उसकी ओर दौड़े। मि. लेस्ट्रेंज भी धीरे-धीरे रुकते हुये रेलिंग पकड़ कर कप्तान के लिये पीछे-पीछे दौड़ पड़े। उन्हें लग रहा था मानो जहाज के सामने के भाग से कोई अदृश्य हाथ निकल कर उनकी ओर बढ़ रहा था। ऐसा मालूम पड़ता था मानों अनगिनत मधुमक्खियाँ अपना छत्ता छोड़कर मुख्य मस्तूल के पास उड़ रही हों। तभी उन्होंने द्वार पर गहरे घने काले धुएँ का एक झोंका-सा ऊपर को उठते हुये देखा।

वह साहसी प्रकृति के थे। उन्हें सबसे पहले बच्चों का ख्याल आया। और फिर नावों का। कई नाव वे लोग केप हार्न पर खो चुके थे। केवल तीन नावें बची थीं।

उन्होंने ले फार्ज को कहते हुये सुना कि सब दरवाजे बंद कर दो। जहाज की आग बुझाने वाली नालियों को खोल दो जिससे नीचे सामान रक्खे जाने वाले कमरे में पानी भर जाये। और यह सोच कर कि अब कुछ नहीं हो सकता, धीरे-धीरे कप्तान बड़े-बड़े कमरे की ओर चल दिये। मिसेस स्टेनार्ड बच्चों के केबिन से बाहर निकल ही रही थीं कि मि. लेस्ट्रेंज ने पूछा—''बच्चे क्या सोए हुये हैं ?'' घबराहट और उत्तेजना से उनकी साँस फूल रही थी।

मिसेस स्टेनार्ड ने भयभीत आँखों से मि. लेस्ट्रेंज की ओर देखा, जिनके मुँह से आने वाली विपत्ति का आभास हो रहा था।

''यदि तुमने बच्चों के कपड़े उतरवा दिये हैं तो उन्हें जल्दी से फिर पहना दो मिसेस स्टेनार्ड! जहाज में आग लग गयी है।'' घबराहट भरी आवाज में मि. लेस्ट्रेंज ने कहा।

''बहुत अच्छा!'' कहकर मिसेस स्टैनार्ड वापस जाने को मुड़ी।

''सुनो!'' मि. लेस्ट्रेंज ने कहा।

दूर से एक डरावनी आवाज सुनाई दी जो किसी निर्जन किनारे पर समुद्री चिड़ियों की तेज चहचहाहट जैसी थी।। यह आवाज आग बुझाने वाले नालों की थी।

# तीन

इसके पहले कि मिसेस स्टेनार्ड कुछ बोलतीं, जहाज की सीढ़ियों पर धमधमाहट का शोर सुनाई पड़ा। मि. ले फार्ज ने तेजी से उस कमरे में प्रवेश किया। उनका मुँह बिलकुल लाल हो रहा था। आँखें शराबियों सी लग रही थीं। माथे पर मोटी-मोटी नसें उभरी दिखाई पड़ रही थीं।

"जल्दी से बच्चों को तैयार करो!" उन्होंने तेजी से कमरे में घुसते हुये चिल्ला कर कहा—"तुम सब जल्दी से तैयार हो जाओ। नावें खोली जा रही हैं। ओह जहाज के कागजात कहाँ हैं ?" कहते हुये मि. ले फार्ज कुछ चीजें ढूंढ़-ढूंढ़ कर इकट्ठा करने लगे। उन्होंने जहाज के हिसाब-किताब के सब कागज एकत्रित करके बाँध लिये। उस जहाज में भरे माल के साथ होने वाली भयानक घटना को सोच कर इस समय वे पागल से हो रहे थे।

डेक पर सब मल्लाह अपने सरदार की आज्ञानुसार काम में व्यस्त थे। नावें खोली जा चुकी थीं। उनमें पानी की बोतलें और बिस्कुटों के थैले रक्खे जा रहे थे। सबसे छोटी नाव पहले उतारी गयी और पैडी बटन उसमें पानी की बोतलें रखने जा रहा था कि मि. ले फार्ज तेजी से डेक पर आये।

उनके पीछे जहाज की सेविका एमेलाइन को लिये तथा मि. लेस्ट्रेंज डिकी के साथ पहुँचे।

नाव में एक छोटा-सा मस्तूल व पाल था। दो मल्लाह उस पर तैयार खड़े थे।

कप्तान ने पैडी बटन से चिल्लाकर कहा—"इस नाव में बच्चों को बिठाकर जहाज से बहुत दूर ले जाओ। दो मील तीन मील, जल्दी से जल्दी।"

"बहुत अच्छा, कप्तान साहब पर मेरा बायलिन?"

"मि. ले फ़ार्ज ने हाथ का सामान फेंक कर उसको जोर से पकड़ लिया

और ढकलते हुये जहाज के रेलिंग के पास ले आये मानों उसको समुद्र में फेंकने वाले हों।

पैडी बटन ने जल्दी से नाव में कूद कर एमेलाइन को भी उतार लिया। वह शाल में लिपटी हुयी कोई चीज कसकर अपने हाथों में पकड़े हुयी थी। उसका मुँह डर से पीला पड़ गया था। इसके बाद डिकी और मि. लेस्ट्रेंज भी सहारा लेते हुये नाव पर आ गये।

''अब किसी और के लिये इस नाव पर जगह नहीं है।'' कप्तान ने कहा, ''यदि हम लोगों को जहाज छोड़ना पड़ा तो हम बड़ी नाव में जाएँगे। मिसेस स्टेनार्ड! अब जल्दी नाव ले जाओ।'' और वह छोटी नाव तेजी से चल पड़ी।

मि. बटन ने अपना काफी पैसा बोस्टन से चलने के पहले ही समाप्त कर दिया था। अब शराब इत्यादि के लिये बिल्कुल पैसा नहीं बचा था। पतवार चलाते-चलाते उसने अपने नीरस जीवन के बारे में सोचा। उसने जोर की आवाज से दोनों मल्लाहों का ध्यान अपनी ओर आकर्षित करते हुये कहा—''अरे बदमाशो!''

''क्या है ?''

''अपनी जान बचाने के लिये जल्दी भागो। जहाज के गोदाम में दो बारूद के थैले भी हैं।'' और वह जल्दी-जल्दी पतवार चलाने लगा।

मि. लेस्ट्रेंज उनकी बातें सुनते हुये चुपचाप डिकी और एमेलाइन को लिये बैठे रहे। दोनों बच्चे इन बातों का मतलब भी नहीं समझते थे, जबकि इस गड़बड़ी के कारण वे काफी घबड़ाए हुये थे। वे इस छोटी-सी नाव में आकर खुश हो गये थे। वे अब नीले सागर के बिलकुल पास थे।

डिकी ने अपनी उँगलियाँ पानी में डाल दीं और पानी में बनती हुयी लहरों के चक्कर को देखता रहा। एमेलाइन चुपचाप बैठी पैडी बटन की ओर देख रही थी।

पैडी सचमुच देखने योग्य था। वह दुखी और डरा हुआ लग रहा था। उसे लग रहा था मानों जहाज उड़ा जा रहा है। उसे लगा मानों वह और उसकी छोटी-सी नाव टुकड़े-टुकड़े हो गयी और वह शैतानों के बीच पहुँच गया हो जो उसको डरा रहे हैं। पर इन सब विचारों का उसके चेहरे पर अधिक प्रभाव नहीं पड़ रहा था। उसने देखा दूसरी नावें भी जहाज से नीचे उतार दी गयी थी। जहाज के मुख्य द्वार से घना काला धुआँ चिनगारियों सहित बराबर निकलता जा रहा था।

जहाज से दूर घना सफेद कोहरा दिखाई दे रहा था, मानों समुद्र के किनारे उजाड़ विशाल देश हो जहाँ न चिड़ियाँ गाती हैं, न पेड़ उगते हैं, केवल सफेद

बड़ी-बड़ी चट्टानें हैं।

मि. लेस्ट्रेंज का ध्यान जब टूटा तो उन्होंने पीछे मुड़कर जहाज की ओर देखा। अब नावें जहाज से दूर पहुँच गयी थीं और उनकी नाव के पास आ रही थीं। डिकी अब भी पानी से खेल रहा था। एमेलाइन मि. बटन को देखने में व्यस्त थी। नयी वस्तुएँ उसके विचारशील मस्तिष्क को प्रिय थीं। उसने पैडी बटन को जहाज पर नाचते, गाते काम करते तथा बच्चों के साथ खेलते देखा था। पर आज जैसा कभी न देखा था। उसको आज लगा जैसे बटन अब थक गया है। उसने खोज कर अपनी जेब से एक नारंगी निकाली और उसे बटन के सिर पर छुआ दिया। बटन ने चौंककर पीछे देखा। एक क्षण वह उसके बचपन को देखता रहा और फिर जल्दी-जल्दी पतवार चलाने लगा।

"पिताजी क्या वहाँ जहाज के पास बादल है ?" डिकी ने पूछा।

घने कोहरे की चट्टानें मानों अब फट रही थीं। कोहरा मानों पानी में घुला जा रहा हो। धुएँ के बादल आकाश में ऊँचे उठ रहे थे। इस धुंधले आश्चर्यजनक वातावरण में अंदर ही अंदर जलता हुआ जहाज दिखाई दे रहा था। इसमें से निकलता हुआ धुआँ मानों भागती हुयी नावों का पीछा कर रहा था।

"जहाज से धुआँ क्यों निकल रहा है, पिताजी ?" डिकी ने पूछा—"और उन नावों को देखिए जो इधर आ रही हैं। हम लोग वापस कब चलेंगे, पिताजी ?"

"चाचा जी, मुझे डर लग रहा है"—जहाज की ओर देखते हुये एमेलाइन ने कहा।

"क्यों डर लग रहा है, एमी?" उसको अपने पास खींचते हुये मि. लेस्ट्रेंज ने पूछा।

"हे भगवान् दया करो!" मल्लाहों ने लंबी सांस भरते हुये कहा।

"मैं सोचता हूँ हम लोगों को इन नावों की प्रतीक्षा करनी चाहिए।" मि. लेस्ट्रेंज ने कहा।

"ठीक है।" मल्लाह बोला।

"पिताजी हम लोग वापस कब चलेंगे ? मैं चाय पीना चाहता हूँ।" डिकी बोला।

"अब हम लोग वापस नहीं जाएँगे, मेरे बच्चे!" पिता ने उत्तर दिया—"उस जहाज को आग लग गयी है। हम लोग दूसरे जहाज की प्रतीक्षा कर रहे हैं।"

"दूसरा जहाज कहाँ है ?" चारों ओर देखते हुये डिकी ने पूछा।

"अभी दिखाई नहीं देता, पर जल्दी ही आएगा।"

दूसरी नावें भी पास आ गयी थीं। लगता था मानों पानी पर गुबरैले रेंग रहे हों।

उस छोटी नाव से ठंडी हवा का एक झोंका टकराया और जहाज को उस घने कोहरे ने ढँक लिया। यह एक असाधारण दृश्य था। कुछ क्षणों के लिये जहाज काँपा और फिर उस विशाल सागर में समा कर सदा के लिये आँखों से ओझल हो गया।

# चार

सूर्य धीरे-धीरे धुँधला होकर अदृश्य हो गया। यद्यपि उनकी नाव के आस-पास की हवा साफ थी फिर भी दूसरी आती हुयी नावें धुँधली दिखाई देती थीं। क्षितिज का जो भाग जो अभी तक साफ दिखाई देता था, अब धुँधला हो गया था।

लंबी वाली नाव तेजी से इधर ही आ रही थी। अभी वह काफी दूर पर ही थी कि कप्तान साहब की आवाज सुनायी दी।

"क्या छोटी नाव है ?"

"हाँ!" किसी ने चिल्लाकर उत्तर दिया।

"उसको यहीं खींचकर लगाओ।"

लंबी नाव रुककर अब दूसरी छोटी नाव का इंतजार करने लगी जो बहुत धीरे-धीरे उसी ओर आ रही थी। वह नाव बहुत अधिक भारी और सामान से भरी हुयी थी।

"पैडी बटन द्वारा मल्लाहों के साथ भागने पर कप्तान बहुत नाराज थे। परंतु उन्हें गुस्सा करने का समय न मिला था।

एकाएक दूसरी छोटी नाव गायन हो गयी। मि. लेस्ट्रेंज लंबी नाव में आ गये। बटन ने पतवार से ठेल कर अपनी नाव कुछ दूर कर ली और चुपचाप बैठा राह देखने लगा।

दूसरे क्षण ही, लंबी तथा छोटी नावें भी एक दूसरे से कोहरे की वजह से अलग हो गयी। दोनों एक दूसरे को देख न सकते थे।

यदि बटन दो ही चप्पू चलाता, तो लंबी नाव के पास पहुँच जाता पर वह दूसरी छोटी नाव के बारे में सोच रहा था। इसलिये खेता हुआ वह उसके पास पहुँचने के प्रयत्न में, उस दिशा को चला।

घने कोहरे में ये आवाजें सुनाई दे रही थीं—

"छोटी नाव है क्या ?"

"हाँ!"

"अच्छा ठीक है!"

"एक साथ मत चिल्लाओ, मैं समझ नहीं पा रहा हूँ। छोटी नाव किधर है ? तुम लोग किधर हो ?"

"अपने डाँड़ रख दो।"

"अच्छा!" चप्पू रखते हुये बटन ने कहा—"दो तीन मिनट में तुम लोगों के पास पहुँच ही जाऊँगा।"

"ठीक है।" धीमी आवाज आयी।

"क्या हम लोगों से दूर जा रहे हो ?"

"हाँ।" और भी धीमी आवाज सुनायी दी। बटन जो पतवार पर हाथ रक्खे बैठा था, बोला—"लगता है उन लोगों को शैतानों ने घेर लिया है। यह आवाज शायद लंबी नाव से थी ? उसने फिर चप्पू उठा लिये और तेजी से नाव खेने लगा।

"पैडी हम लोग कहाँ हैं ?" डिकी की हल्की सी आवाज आयी।

"हम लोग कोहरे में हैं, और कहाँ हो सकते हैं ? परंतु तुम डरो नहीं।"

"मैं डर रहा हूँ, एमी काँप रही है।"

"उसे मेरा कोट दे दो।" चप्पू रखकर कोट उतारते हुये बटन ने कहा—"इसे उसके चारों ओर लपेट दो। एक पुराना शॉल भी कहीं इस नाव में रक्खा है पर मुझे इस समय दिखायी नहीं दे रहा है।" कहते हुये उसने कोट बढ़ा दिया। एक अदृश्य हाथ ने उससे कोट ले लिया। तभी एक जोर का धड़ाका हुआ।

"लो वह समाप्त हो गया और मेरा वायलिन इत्यादि...। डरो नहीं बच्चो ! यह तो बंदूकें चलने की आवाज है। अब हम सब जोर से चिल्लाएँगे। क्या तुम तैयार हो ?" बटन ने कहा।

"हाँ, हाँ!" डिकी चिल्लाया।

और तीनों जोर से बोले—"हल्लो!"

एक हल्की सी आवाज उसके उत्तर में सुनायी दी, परंतु कहाँ से यह कहना मुश्किल था। उसने फिर दो-चार पतवार चलायी और कहा—"हम लोग अभी समुद्र की सतह पर ही हैं।" क्योंकि पानी में पतवार की छप-छप सुनाई दे रही थी।

तभी ऊपर से कुछ प्रकाश आता मालूम हुआ। मानों किसी बड़े झरोखे से आ रहा हो। बड़े समुद्र का कोहरा हर जगह एक-सा घना नहीं होता है। मधुमक्खी

के छत्ते के समान होता है। कहीं पर घना ठोस कोहरा और कहीं साफ हवा। ये दोनों अपना स्थान बहुत शीघ्रता से बदलते रहते हैं। उसमें यह एक और विशेषता होती है सूर्यास्त और अंधकार के साथ-साथ कोहरा घना होता जाता है।

पर सूर्य तो अब तक क्षितिज पर पहुँच चुका था।

वे तीनों फिर चिल्लाए पर इस बार कोई जवाब न मिला।

अब बटन ने चप्पू चलाते हुये फिर एक आवाज दी पर कोई जवाब न मिला।

''मि. बटन!'' एमीलाइन ने पुकारा।

''क्या बात है, एमी ?''

''मुझे डर लग रहा है।''

''अच्छा एक मिनट रुको, मैं शॉल ढूँढ़ लूँ। लो यह लो। मैं इसे तुम्हें लपेट दूँगा।'' कहते हुये वह सतर्कता से एमीलाइन की ओर बढ़ा और उसे गोद में ले लिया।

''मुझे शॉल नहीं चाहिए। अब मुझे उतना डर नहीं लग रहा है।''

''अच्छा इसे रख लो, डिकी, क्या तुम्हें सर्दी लग रही है ?''

''मेरे पास पिताजी का ओवर कोट है। वह उसे यहीं छोड़ गये।

''अच्छा, तब मैं खुद शाल ओढ़ लेता हूँ। मुझे भी सर्दी लग रही है। क्या तुम लोगों को भूख लगी है ?''

''नहीं!'' डिकी ने कहा—''मुझे डर लग रहा है।''

''अच्छा तुम लोग सो जाओ। नाव में नीचे की ओर चले जाओ। इस शाल की तकिया बना लो। मैं गर्मी लाने के लिये नाव चलाऊँगा।''

''मैं यहीं ठीक हूँ।'' एमीलाइन ने कहा।

''अच्छा, अपनी आँखें कस कर बंद कर लो।'' कहकर वह गाने लगा।

गाना बंद करके वह आप ही आप बड़बड़ाया—''जहाज तो समाप्त हो गया।'' फिर वह धीरे से डिकी के पास लेट गया। जेब में हाथ डालकर उसने तम्बाकू और पाइप निकालना चाहा पर वह तो उसके कोट में था जो एमीलाइन ओढ़े हुये थी। यदि वह निकालता तो एमी जग जाती।

रात का बढ़ता हुआ अँधेरा कोहरे को और भी घना बना रहा था। बटन को अब कुछ भी नहीं दिखायी दे रहा था। वह चुपचाप लेटा कोहरे में तरह-तरह के आकार देखता रहा। उसे जान पड़ा मानो समुद्री डायानें सागर में खिलखिलाती तथा बटन को राह बताती हुयी इधर-उधर भाग रही हों। समुद्री डायन से मतलब

शैतानों से नहीं। उनके हरे बाल और दाँत, मछली जैसी पूँछ और पंख होते हैं। परंतु जब कि कई जल डायने उस छोटी-सी नाव के आस-पास खेल रही हों और उनमें से नाव पर चढ़ आये तो बटन को डराने के लिये काफी था। पहले उसने सोचा दोनों बच्चों को जगा दे पर फिर वह अपने डरने पर खुद ही शर्मा गया। उसने उठकर फिर चप्पू चलाये, यह जानने के लिये कि नाव पानी पर ही है या नहीं। अब उसका डर कुछ कम हुआ। उसने फिर जोर से चिल्लाकर आवाज दी पर कोई जवाब किसी ओर से नहीं आया। वह धीरे-धीरे नाव खेने लगा और सदा के लिये डूबे हुये जहाज की अन्य नावों से दूर होता चला गया।

# पाँच

"क्या मैं सो रहा था ?" एकाएक उठते हुये बटन ने कहा। उसने थोड़ी ही देर चप्पू चलाए थे। अवश्य वह कुछ घण्टे सोया होगा। अब धीमी-धीमी गर्म हवा चल रही थी। चाँद चमक रहा था और कुहरा बिलकुल छंट चुका था।

"क्या मैं सपना देख रहा हूँ ? मैं कहाँ हूँ ? हे भगवान, मैं सपना देख रहा था कि मैं जहाज के मुख्य द्वार पर सो रहा हूँ और एकाएक उसमें बारूद से आग लग गयी।"

"मि. बटन!" एमीलाइन की हल्की आवाज आयी।

"क्या है एमी ?"

"हम लोग अब कहाँ हैं ?"

"हम लोग अभी पानी पर ही हैं। और कहाँ हो सकते हैं ?"

"चाचाजी कहाँ हैं ?"

"वह दूर लंबी नाव पर हैं थोड़ी ही देर में यहाँ पहुँच जाएँगे।"

"मुझे प्यास लगी है।"

उसने एक छोटे गिलास में पानी भर कर एमी को दिया और कोट की जेब से तम्बाकू और पाइप निकाला।

पानी पीकर एमीलाइन तुरंत ही फिर सो गयी। डिकी भी सो रहा था उसने तो करवट भी नहीं बदली थी।

बटन खड़े हो दूर क्षितिज की ओर अपनी निगाहें दौड़ाने लगा।

परंतु उस चाँदी की तरह चमकते हुये सागर पर किसी नाव का चिह्न भी न दिखायी दिया। उसने सोचा कि हो सकता है इस समय पास होने पर भी धुँधुलेपन के कारण नावें न दिखायी दे रही हों और सुबह उजाले में दिखायी दे जाएँ। परंतु कुछ ही घण्टों में वे नावें इतनी दूर हो जाएँगी कि दिखायी न दें

इस बात पर उसे आश्चर्य था। उसने सोचा कहीं नावें समुद्र की लहरों में तो नहीं पड़ गयीं।

सागर कितनी ही लहरों से बना है। कोई तेज बहने वाली है तो कोई धीमी। एक लहर किसी नाव को एक मील ले जाये, उतनी देर में दूसरी लहर उसको दो तीन मील आगे बहा सकती है।

हल्की गर्म हवा चल रही थी। तारे टिमटिमा रहे थे। चाँद चमक रहा था। सागर झील के समान लग रहा था यद्यपि किनारा अभी हज़ारों मील दूर था।

युवावस्था की कल्पनाएँ यद्यपि बहुत लंबी हो जाती हैं, बहुत ऊँची होती हैं, परंतु इतनी नहीं कि जितनी इस बूढ़े मल्लाह बटन की। उसके सामने इस समय घूम रहे थे—समुद्र तट के चमकते हुये शराबघर, बंदरगाह, जहाँ चीनी नावें जैसे चिकने फर्श पर फिसल रही हों। जगमगाता हुआ 'मैकाओ' लंदन में जहाज बनाने का अड्डा।

कभी-कभी वह समुद्र के बारे में भी सोचता था पर अधिक नहीं, क्योंकि जीवन भर जहाँ रहना है, उसके बारे में सोचा ही क्या जाये? पैंतालीस साल के इस जीवन की कितनी ही यात्राओं का हाल एक दूसरे से मिलता-जुलता था। उसे ठीक से याद नहीं था कि कौन जहाज कब कहाँ रुका, कहाँ डूबा या किस मुसीबत में पड़ा। आप यदि उससे पूछते कि उसके पहले जहाज का क्या नाम था ? उत्तर मिलता कि "मुझे अब याद नहीं!" जबकि वह सागर में था। बहुत सर्दी थी। मैं बीमार था। मैं हर समय रोता रहता था। कप्तान रस्सियों से मुझे बाँध देता था—पर मैं उसका नाम भूल रहा हूँ।

वह पाइप पीता हुआ अब भी बैठा सोच रहा था, शराबियों के दृश्य, उन स्त्री पुरुषों को जिन्हें वह जानता था। आकाश में तारे अब धुँधले पड़ रहे थे। वह गहरी नींद में सो गया और जब जगा तो पूर्व दिशा में कुछ पीलापन आ गया था। वह आकाश की ओर देखने लगा। देखते-देखते ही पूर्वी आकाश गहरा लाल हो गया। यह सब इतना सुंदर लग रहा था मानों गुलाब के फूल की ताजी पंखुड़ी। यह लाली एक जगह पर गहरी होने लगी। यह था सुबह का निकलता हुआ सूर्य। और बढ़ते हुये सूर्य के प्रकाश के साथ-साथ आकाश सुंदर और चमकीला होता जा रहा था। सागर में लहरों की उथल-पुथल बढ़ती जा रही थी मानों आपोलो देवता की बीणा स्वयं भगवान् ने छेड़ दी हो। दिन निकलने से वातावरण संगीतमय हो चला था।

"पिताजी!" एकाएक डिकी चीखते हुये उठा और हथेलियों से आँखें मलते हुये बोला—"हम लोग कहाँ हैं ?"

"क्या बात है, डिकी, मेरे बेटे ?" बटन बोला जो अभी तक बेकार ही चारों ओर नजर दौड़ाते हुये नावों को खोजने की कोशिश कर रहा था—"तुम्हारे पिताजी अच्छी तरह होंगे। शीघ्र ही यहाँ आ जाएँगे और हम लोगों के लिए जहाज भी साथ लाएँगे। तुम जग गये बेटा, एमीलाइन सो रही है क्या ?"

एमीलाइन बिना कुछ बोले हुये चुपचाप उठकर बैठ गयी। और कोई बच्चा होता तो डिकी की बातों के आगे जरूर कुछ पूछता, पर वह चुप बैठी रही। शायद वह समझ रही हो कि बटन कह कुछ रहा है और मन में सोच कुछ और रहा है। वह अब भी बटन का पुराना कोट और डिकी का टोप लगाए थी जिसे श्रीमती स्टेनार्ड ने जल्दी में जहाज से उतरते हुये पहना दिया था। टोप एक ओर खिसक गया था और उसके शांत भोले चेहरे पर घुँघराले बाल, हवा के कारण लहरा रहे थे।

"अहा!" डिकी ने जोर से एक तख्ते पर हाथ मारते हुये कहा—"मैं मल्लाह बनूँगा, क्यों पैड़ी ? क्या तुम मुझे नाव चलाने दोगे ? मुझे बता दो कैसे चप्पू चलायी जाती है।"

"ठीक है!" डिकी के पास जाकर बटन ने कहा—"तुमने अभी तक मुँह भी नहीं धोया। मैं समुद्र के नमकीन पानी से ही मुँह धो लेता हूँ, धूप में आप ही सूख जायेगा।" कहकर उसने एक बर्तन में पानी भर लिया।

"मैं नहीं धोऊँगा।" डिकी ने कहा।

"अपना मुँह पानी से धो डालो, ऐसे मैं तुमको नहीं ले चलूँगा।"

"तुम अपना मुँह धो डालो!" डिकी बोला।

बटन ने बर्तन में मुँह डालकर पानी में गुड़गुड़हाट की आवाज करते हुये भीगा मुँह बर्तन के बाहर निकाला और पानी फेंक दिया।

"तुमने अपनी बारी छोड़ दी अब पानी खत्म हो गया।"

"समुद्र में और पानी है।"

"अब मुँह धोना चाहता हूँ। मैं भी वैसा ही करूँगा जैसा तुमने बर्तन में मुँह डालकर अभी किया। एमीलाइन ने अभी मुँह नहीं धोया।"

"मुझे नहीं चाहिए।" एमी ने कहा।

"अच्छा तो मैं शार्क से पूछता हूँ"—कहकर बटन नाव से नीचे झुककर बोला—"सुनिये"—और फिर सुनने की कोशिश करते हुये कान उधर बढ़ा दिया। फिर जोर से पूँछा—"क्या तुम लोग सो रही हो ? यहाँ एक गंदा लड़का है, जिसने अभी मुँह नहीं धोया है और अब पानी माँग रहा है—

"ओह, धन्यवाद, धन्यवाद, शुभ दिवस और मेरा प्रणाम स्वीकार करिये।"

"शार्क ने क्या कहा मि. बटन ?" एमीलाइन ने पूछा।

"उसने कहा है, अच्छा ले लो और मैंने देखा कि अपने पंख के नीचे सिर छुपाकर वह फिर सो गयी।"

और लोग तो इस यात्रा का हाल पढ़कर चकित होंगे और ऐसी परिस्थिति में पड़कर घबरा जाएँगे पर जो सदा ही ऐसे वातावरण में रहा हो, उसके लिये यह कुछ भी नहीं है।

उन लोगों के पास बिस्कुटों से भरा एक थैला और डिब्बों में बंद खाने का कुछ सामान था। उसने डिब्बा चाकू से खोला और बिस्कुट भी निकाल लिये। सबने मिलकर पेटभर खाया।

फिर बटन ने मस्तूल ठीक किया और खड़े हो, कुछ क्षण समुद्र की सतह पर कुछ ढूँढ़ने का प्रयास किया, पर व्यर्थ हुआ।

"तुम क्या देख रहे हो पैडी ?" डिकी ने पूछा।

"मैं समुद्री चिड़ियों को देख रहा था," फिर धीरे से बड़बड़ाते हुये कहा—"कहीं पता नहीं लगता। मैं किस ओर जाऊँ ? यदि मैं पूर्व दिशा को जाऊँ तो कौन जाने वे पश्चिम की ओर हों, और यदि मैं पश्चिम जाऊँ तो वे पूर्व दिशा की ओर चले गये हों। मैं पूर्व को ही जाता हूँ, देखें क्या होता है ?"

पाल ठीक करने के पश्चात् उसने पाइप जला लिया और पीछे टेक लगाकर बैठ गया। उसका स्वभाव ऐसा था कि वह भविष्य के बारे में कम सोचता था। उसे केवल वर्तमान परिस्थिति का ज्ञान होता था। भविष्य की उसे कोई परवाह न थी चाहे वह मौत की ओर ही क्यों न जा रहा हो। उसे पता नहीं था कि किस ओर जाना है पर वह इतना ही निश्चिंत था जितना कि दोनों बच्चे। वे सब बहुत खुश थे। बटन ने उन बच्चों को समझा दिया था कि यदि मि. लेस्ट्रेंज थोड़ी देर में न मिले तो समझ लेना कि वे जहाज से चले गये होंगे और बाद में मिलेंगे। और बच्चे अपनी परिस्थिति से इतने अनजान थे जितना हम सब परलोक से।

एमीलाइन की गुड़िया भी विचित्र आकृति की थी। न उसके आँख, नाक इत्यादि थीं, न हाथ थे। पर वह उसके लिए शायद संसार की सबसे अधिक प्यारी चीज थी। वह बैठी अपनी गुड़िया खिला रही थी। डिकी मछलियों की खोज में नाव से नीचे झाँक रहा था।

"तुम पाइप क्यों पीते हो, मि. बटन ?" एमीलाइन ने पूछा।

"अपने दुखों को भुलाने के लिये।"

वह ध्यान मग्न होकर चप्पू चला रहा था और साथ ही पाइप पी रहा था।

''ओहो, पैडी, इधर देखो!'' डिकी चिल्लाया। एक एल्बीकोर मछली अचानक कूद कर समुद्र की सतह पर निकली और चक्कर लगाकर तेजी से गायब हो गयी।

''यह एल्बीकोर मछली कूदी। मैंने पहले भी बहुत देखी हैं। उसका पीछा किया जा रहा है।''

''कौन कर रहा उसका पीछा है ?''

''कौन पीछा कर रहा है; दूसरी मछलियों के अलावा और कौन हो सकता है ?''

इसके पहले कि डिकी कुछ पूछता उसे चमकीली मछलियों के एक झुण्ड के सिर पानी से बाहर दिखायी दिये एवं सब अचानक हल्की आवाज के साथ गायब हो गये।

''ये उड़ने वाली मछलियाँ हैं!'' बटन ने कहा।

''क्या कह रहे हो। मछलियाँ उड़ नहीं सकतीं ?''

''तुम्हारी आँखें कहाँ हैं। देखो इनको।'' बटन ने कहा।

''क्या और मछलियाँ इनका भी पीछा कर रही हैं ?'' डरते हुये एमीलाइन ने पूछा।

''नहीं, पर मुझसे और ज्यादा मत पूछो नहीं तो अब मैं झूठ बताने लगूँगा।'' बटन ने कहा।

एमीलाइन अपने साथ शॉल में लिपटा हुआ डिब्बा लायी थी जो नाव में सीट के नीचे रक्खा था। एमीलाइन बार-बार नीचे झुककर उसे देख रही थी कि वह सुरक्षित है या नहीं।

# छह

थोड़ी-थोड़ी देर पर बटन उठ खड़ा होता और चारों ओर नजर दौड़ाकर 'समुद्री चिड़िया' देखने की कोशिश करता। पर सब व्यर्थ था। डिकी कभी कुछ पूछता तो बटन किसी-न-किसी तरह उसके भय और आश्चर्य को फुसलाकर दबा देता। बटन ने उसे मुड़े हुये तार के एक टुकड़े में डोरी बाँधकर मछली पकड़ने का काँटा बना दिया। डिकी अब शांत होकर मछली पकड़ने के लिये बैठ गया।

अब बटन उन लोगों से बातें करने लगा। उसने एक साल एक बड़े बंदरगाह पर व्यतीत किया था। वहाँ उसकी चचेरी बहन की शादी एक नाविक से हुयी थी। बहन और उसके पति के बारे में उसने बड़ा लंबी कहानी सुनाया। सबसे ज्यादा हन्ना के बारे में जो उसकी बहन का लड़का था। उसका जन्म होते ही आश्चर्यजनक घटनाएँ घटी थीं। वह जन्मते ही डॉक्टर पर झपट पड़ा था और बुलडाग की तरह उसके हाथों से लटक गया था।

''बोस्टन में मिसेस जेम्स के भी एक लड़का था।'' एमीलाइन बोली।

''हाँ, हाँ, ये अधिकतर लाल या गुलाबी होते हैं पर नहलाए जाने पर रंग हल्का हो जाता है।'' पैडी ने कहा।

''पर उसके दाँत नहीं थे क्योंकि मैंने उसके मुँह में उँगली डाल कर देखा था।'' एमीलाइन बोली।

''डॉक्टर उसे एक झोले में लाया था। वह उसे एक गोभी के खेत से खोद कर लाया था। मैं भी, एक खुरपी लेकर गया। एक गोभी खोदी पर उसके नीचे कीड़ों के सिवाय कुछ न मिला।'' डिकी ने शांति-पूर्वक मछली का काँटा पानी में डालते हुये कहा।

''मैं चाहती हूँ मेरे पास भी एक बच्चा होता। मैं तो उसे कभी वापस न दूँ।''

"डॉक्टर उसे वापस ले गया था और फिर खेत में बो दिया था।" डिकी ने समझाते हुये कहा—"मैंने मिसेस जेम्स से पूछा तो वह रोने लगीं। पिताजी से पूछने पर मालूम हुआ कि डॉक्टर उसे फिर खेत में बो देगा। जिससे वह परी बन जाये।"

"परियों के पंख होते हैं।" एमी ने कहा।

"मैंने खाना बनाने वाली महराजिन से कहा और उसने जेन को बताया कि पिताजी सदा ही बच्चों को कुछ न कुछ खिलाया करते हैं। मैंने पिताजी से कहा कि मैं भी देखना चाहता हूँ—कैसे वह बच्चों को खिलाते हैं—पिताजी ने कहा उसके लिये खानसामा को वहाँ जाना पड़ता है। दूसरे दिन खाना बनाने वाली औरत चली गयी।" डिकी ने कहा।

"उसके पास तीन बड़े और एक छोटा बक्स था।" एमीलाइन ने कुछ याद करते हुये कहा।

"गाड़ीवान ने उससे पूछा, क्या उसके पास और बक्से गाड़ी में रखने को नहीं हैं ? क्या तोते का पिंजड़ा तो वह नहीं भूल गयी है।" डिकी ने कहा।

मेरी इच्छा है कि मेरे पास भी एक तोता हो, एमीलाइन बड़बड़ाते हुये बोली। वह खिसककर पाल की छाया में आ गयी।

"और तुम उस पिंजड़े के तोते का क्या करोगी ?" बटन ने पूछा।

"मैं उसे बाहर निकाल दूँगी।"

"पिंजड़े के बाहर निकालने की बात सुनकर मुझे अपने बाबा की बात याद आती है। उनके पास एक सुअर था।" बटन ने कहा। वे बड़ी गंभीरतापूर्वक आपस में बातें कर रहे थे। "मैं बहुत छोटा था। सुअर के बाड़े के पास जाकर झाँकता था तो वह बड़ी जोर से मेरी नाक पर अपना मुँह मारता था। मैं भी जोर से उसकी नाक पर घूसा मारता था। फिर कहता कि मुझे बाहर कर दो तो मैं तुम्हें चाँदी का एक सिक्का दूँगा। मैं कहता था कि दरवाजे के नीचे से मुझे दे दो। जब वह अपना थूथन बाहर निकालता तो मैं उसमें छड़ी चुभो देता था। मेरी माँ जब उधर से निकलतीं तो मुझे ऐसा करता देख मारती थीं। मैं था भी इसी काबिल।

"एक दिन मैंने सुअर का बाड़ा खोल दिया और वह भागता हुआ दूर पहाड़ की चोटी पर चला गया। वहाँ उसे एक पहाड़ी बकरा मिला। दोनों में लड़ाई छिड़ गयी। बकरा सुअर पर झपटा और दोनों लुढ़कते हुये पहाड़ी के नीचे जा गिरे।

"फिर मेरे बाबा ने मुझे घसीटते हुये ले जाकर उसी बाड़े में बंद कर दिया।

वहाँ मुझे लगभग पंद्रह दिन बंद रहना पड़ा और केवल दूध और चोकर की सानी खाने को मिली।"

करीब ग्यारह बजे डिकी, एमी और बटन ने खाना खाया। दोपहर में बटन ने पाल अच्छी तरह तान लिया ताकि बच्चों को धूप न लगे। फिर वह स्वयं डिकी का टोप, धूप से बचने के लिये अपने मुँह पर डाल कर लेट गया। जल्दी ही उसे गहरी नींद आ गई।

# सात

वह घण्टे भर ही सोया होगा कि एमीलाइन की चीख सुन कर बटन उठ बैठा। वह नींद में बड़बड़ा रही थी जैसी कि उसकी आदत थी। वह अब भी मछलियों के बारे में सोच रही थी। बटन ने उसको जोर से हिला कर जगा दिया।

नाव पर खड़े होकर वह फिर चारों ओर शून्य में नजर दौड़ाने लगा। एकाएक दूर उसे कोई चीज समुद्र की सतह पर दिखाई दी। चीज क्या वह एक छोटे जहाज की तरह था। उसके पाल व मस्तूल दिखाई दे रहे थे। कुछ देर वह एकटक उधर ही, कछुए की तरह सिर आगे बढ़ा कर देखता रहा। फिर अचानक खुशी से चिल्ला उठा।

"क्या है, पैडी ?" डिकी ने पूछा।

"जहाज है, डिकी जहाज! मैं तुम लोगों को वहाँ ले जाऊँगा उस पर तंबू तना हुआ है। क्या वे लोग सो रहे हैं ? डिकी मुझे पाल चढ़ाने दो। हवा के बहाव से हम जल्दी ही वहाँ पहुँच जाएँगे।"

और वह नाव जल्दी-जल्दी आगे बढ़ने लगी।

"क्या पिताजी का जहाज है ?" डिकी ने उत्सुकतापूर्वक पूछा।

"मुझे नहीं मालूम, वहाँ पहुँच कर पता लगेगा।"

"क्या हम लोग उस पर जाएँगे बटन ?" एमीलाइन ने पूछा।

"हाँ, एमी।" बटन बोला।

एमीलाइन ने नीचे झुककर अपना डिब्बा उठाया और सँभाल कर गोदी में रख लिया।

जैसे-जैसे वे पास पहुँचते गये, जहाज साफ नहर आने लगा। वह एक छोटा सा मस्तूल वाला जहाज था। मस्तूल रूई की तरह खड़ा था और उस पर कुछ चिथड़े यहाँ-वहाँ हवा में उड़ रहे थे। बटन ने शीघ्र ही उस जहाज की खराबियाँ देख लीं।

“शायद इस जहाज का कोई मालिक नहीं है। मेरे भाग्य से यह मुझे मिल गया है।” बटन ने धीरे से कहा।

“इस जहाज पर मुझे तो कोई दिखायी नहीं दे रहा है। क्या पिताजी वहाँ नहीं हैं ?” डिकी ने आगे खिसकते हुये चिल्लाकर कहा।

थोड़ी और पास जाकर बटन ने अपनी नाव चप्पू द्वारा चलानी शुरू कर दी। जहाज धीरे-धीरे बह रहा था। फटे हुये पाल उस पर फड़फड़ा रहे थे। कोई नाव जहाज पर नहीं लटक रही थी। जहाज अच्छी हालत में नहीं था। उसकी छाया समुद्र के पानी में साफ दिखायी दे रही थी। वह इतनी धीरे-धीरे बह रहा था मानों सेनफ्रान्सिसको के बंदरगाह पर हो। उसके नीचे लगे हुये ताँबे पर समुद्री घास उगी हुयी थी, रंग करीब-करीब मिट गया था। रेलिंग से एक रस्सी लटक रही थी जो पानी में अंदर चली गयी थी।

जल्दी ही वे जहाज के पिछले हिस्से के पास पहुँच गये। उस पर धुँधले अक्षरों में जहाज का नाम ‘शेनेन्दोआ’ लिखा था।

“उस पर कुछ लिखा हुआ है। पर मैं पढ़ नहीं सकता। मैंने पढ़ना नहीं सीखा।” बटन ने कहा।

“मैं पढ़ सकता हूँ।” डिकी बोला।

“मैं भी पढ़ सकती हूँ।” एमी ने कहा।

“शे-ने-न्दो-आ।” डिकी बोला।

“इसका क्या मतलब है ?” बटन ने पूछा।

“मुझे नहीं मालूम।”

“वाह भाई, वाह।” बटन ने चिल्लाकर नाव को जहाज के पास लाते हुये कहा—“इन लोगों के स्कूल में पढ़ाने के लिये किताबें छपाई जाती हैं। यहाँ इतने बड़े-बड़े—मेरे चेहरे के बराबर—अक्षरों में लिखे हुये का ये लोग मतलब तक नहीं बता सकते। ऐसी पढ़ाई से क्या फायदा ?”

जहाज के पीछे का हिस्सा पुराने ढंग का बना हुआ था। डेक साधारण-सा था। उनकी नाव से लगभग एक फुट ऊँचा। बड़े-बड़े हुक लगे हुये थे। बटन ने नाव को एक हुक से बाँध दिया जिससे नाव रुक जाये। फिर एमीलाइन को उसके डिब्बे सहित, रेलिंग के ऊपर से डेक पर पहुँचा दिया। पानी के बर्तनों को ऊपर बच्चों को पकड़ा दिया और खुद भी ऊपर चढ़ गया।

डिकी उस जहाज के डेक पर आकर बहुत खुश हुआ। पूरा डेक लकड़ी का बना था। जहाज के पाल और रस्सियाँ ढीली पड़ी हुयी थी। डेक के चौथायी

हिस्से में कमरे बने हुये थे। आगे मस्तूल के पास एक घण्टी लगी थी। डिकी कुछ देर उसे ही बजाता रहा।

बटन ने चिल्लाकर कहा–''घण्टी बजाना बंद करो। मुझे परेशानी होती है। डिकी घण्टी छोड़ कर भाग गया फिर उन तीनों ने जाकर डेक पर बने कमरे के दरवाजे से अंदर झाँका। दरवाजा इस समय भी खुला हुआ था। कमरे में तीन खिड़कियाँ थीं। सूर्य चमकता दिखायी दे रहा था। बीच में एक मेज पड़ी हुयी थी। एक कुर्सी एक तरफ को खिसकी पड़ी थी मानों कोई जल्दी में उठकर चला गया हो। मेज पर चायदानी, दो प्याले और तश्तरियाँ थीं। कुछ बचे हुये खाने का सामान पड़ा हुआ था। तश्तरी में एक काटें में गोश्त का टुकड़ा फँसा हुआ इस तरह पड़ा था मानों किसी ने खाने के लिये उसे उठाया ही था कि कोई आश्चर्यजनक घटना हुयी। चायदानी के पास कण्डेंस्ड दूध का डिब्बा खुला पड़ा था। जैसे कोई दूध डालने ही जा रहा था कि कोई भयानक घटना घटी। यह बेजान चीजें मानो कुछ कह रही थीं। परंतु यह साफ था कि मौसम बराबर अच्छा ही रहा होगा। तभी ये सब चीजें उसी तरह मेज पर पड़ी हैं। कुछ उलट-पलट नहीं हुआ।

बटन और डिकी ने अंदर आए। एमीलाइन दरवाजे के बाहर ही रुक गयी। उसे अंदर आते हुये डर लग रहा था। इस कारण वह द्वार पर ही बैठ गयी। डिब्बा अपने पास रख लिया और जल्दी से अपनी जेब से गुड़िया निकाल ली। उसकी फ्रॉक ठीक करके दरवाजे के सहारे खड़ा कर दिया और उसे समझाने लगी कि डरना नहीं चाहिए।

अंदर दो छोटे-छोटे केबिन थे। शायद एक जहाज के कप्तान के लिये और दूसरा उसके मेट के लिये। पुराने कपड़े, जूते, टोप वगैरह अंदर रक्खे हुये थे। बिना लेंस का एक टेलिस्कोप रक्खा था। एक कोने में लगभग दस गज की एक काली रस्सी के समान लपेटी हुयी कोई चीज रक्खी थी। बटन खुशी से चिल्ला उठा और उसे उठा लिया। वह बोला कि यह तंबाकू है। बंदरगाहों पर तंबाकू वाले इसे अवश्य रखते हैं। हम मल्लाह लोग अधिकतर इसे ही पाइप में पीते हैं।

''हम लोग सब सामान बाहर डेक पर लाकर देखेंगे कि क्या रखना चाहिए। बाकी का फेंक देंगे।'' कहते हुये बटन ने दोनों हाथों में बहुत सा सामान उठा लिया और बाहर डेक पर लाकर रख दिया।

डिकी ने एक लंबा सा टोप उठा लिया और उसे पहनकर निकलते हुये एमी से कहा–''देखो मैं क्या लाया हूँ।''

एमी डर से चिल्ला उठी।

''इसमें बदबू आती है!'' कहकर डिकी ने टोप एमीलाइन की ओर बढ़ाते हुये कहा—''तुम सूँघ कर देखो।''

एमी डर से आँखें फैलाए, बिना कुछ कहे पीछे भागती चली गयी। वह जब डर जाती थी तो सदा ही ऐसा करती थी मानों गूँगी हो गयी हो। दूसरे उसे काली चीजों से नफरत थी जैसे—काली बिल्ली, काला घोड़ा और खासकर काला कुत्ता। उसने एक बार बोस्टन में सड़क पर लाश ले जाने वाली गाड़ी देखी थी तो वह डर से बेहोश हो गयी थी। यद्यपि वह उस समय उसके बारे में कुछ भी न जानती थी। वह हाँफती हुयी जाकर रेलिंग पकड़कर खड़ी हो गयी।

इस बीच में बटन ने अंदर से सामान ला-लाकर डेक पर ढेर लगा दिया और वहीं धूप में ही पाइप जलाकर बैठ गया।

उसने खाने-पीने की जरूरी चीजें ढूँढ़ने की कोशिश की तो उसे केवल आधा बोरा आलू और बहुत थोड़ा सा पानी मिला।

डिकी ने जब वादा कर लिया कि अब मैं टोप नही पहनूँगा तब एमी का डर कुछ कम हुआ और वह उसके पास आ डेक पर लगे ढेर के पास बैठ गयी।

एक जोड़ा जूता उठा कर हवा में झुलाते हुये बटन ने कहा—''इससे किसी बंदरगाह पर लगभग आधा डालर मिल जायेगा, डिकी इसे रख लो। और यह मोजे भी वहीं रख लो।''

एक पायजामा भी जाँच करके, जूतों के पास ही रख दिया गया। टूटे हुये टेलिस्कोप को एक आँख बंद करके देखते हुये बटन ने कहा, ''इसको भी रख लो। कुछ काम आएगा।''

एक किताब डिकी को देते हुये बटन ने कहा—''देखो, क्या है ? पढ़ सकते हो ?''

पन्ने उलटते हुये निराशापूर्वक डिकी ने कहा—''नहीं!''

''तो इसे पानी में फेंक दो।'' और डिकी ने खुशी-खुशी उसे फेंक दिया।

बटन ने लंबा टोप अपने सिर पर रख लिया। दोनों बच्चे हँसने लगे। उसे सिर पर टोप लगाए देखते हुये भी एमी का डर कुछ कम हो गया था।

वह दो तरह से हँसती थी। एक तो खिलखिलाकर बच्चों की तरह भोलेपन से और दूसरी जब कि उसके केवल सफेद दाँत दिखायी देते थे, बाएँ हाथ की मुट्ठी कसकर बाँध लेती और दाहिने हाथ से उसे कस कर जोर से दबाकर पकड़ लेती।

वह जल्दी-जल्दी समान के ढेर से चीजें ढूँढ़ता रहा, जो उसकी समझ में काम की चीजें थीं, कप्तान की केबिन में रख दी गयीं और बाकी समुद्र में फेंक दी गयीं।

अब सबको भूख लग आयी थी और बटन ने उठकर खाने का सामान ढूँढ़ना शुरू किया। पानी बहुत ही थोड़ा-सा था। जो पानी वे अपने नाव पर लाये थे वह केवल दस दिन के लिये ही था। जहाज में थोड़ा गोश्त भी था जो बिलकुल सड़ रहा था। बटन ने जहाज के पीछे जाकर देखा कि उसकी नाव सुरक्षित है या नहीं और ठीक से उसकी रस्सी भी जहाज से बँधी है, और फिर डेक पर आकर, समुद्र में चारों ओर दूर तक कुछ देखने का प्रयास करने लगा।

# आठ

"इतने दिन हो गये परंतु पिताजी अब तक नहीं आये!" एकाएक डिकी बोल उठा। वे उस जहाज के पिछले हिस्से में एक लट्ठे पर बैठे हुये थे। सूरज ढलने को था और समुद्र का पानी चमकता हुआ ऐसा लगा रहा था जैसे उबलता हुआ सोना हो।

"हाँ, पर कभी न आने से तो देर में आना ही अच्छा है।" बटन ने कहा—"अब उनके बारे में अधिक न सोचो। इससे वे आ तो जाएँगे नहीं। वह देखो सूरज पानी की ओर जा रहा है। अब एक शब्द भी मत बोलो, ध्यान से सुनो, सूरज के पानी में डूबते ही आवाज सुनाई देगी।"

बच्चे चुप होकर बड़े ध्यान से उधर देखने लगे और पैडी भी। उनके देखते-देखते सूरज का चमकदार गोला पानी की सतह पर तैरता मालूम होने लगा।

"क्या तुम लोगों को आवाज सुनाई दी ? यदि ध्यान दिया होगा तो जरूर सुना होगा।" बटन बोला।

एक बार पानी की सतह छू लेने के बाद सूरज इतनी जल्दी नीचे चला गया जैसे कोई आदमी बहुत जल्दी में सढ़ियों से उतर रहा हो।

सूरज के छिपते ही समुद्र पर सुनहरा प्रकाश फैल गया। यद्यपि बहुत सुंदर लग रहा था पर वातावरण में कुछ सूनापन छा गया था। जल्दी ही अंधकार फैलने लगा। मानो किसी ने पश्चिम दिशा का द्वार बंद कर दिया हो। तारे जल्दी से दौड़-दौड़कर आकाश में चमकने लगे।

"अच्छा बटन उधर क्या है?" एमीलाइन ने जिस ओर सूरज था, इशारा करते हुये पूछा।

"वह पश्चिम दिशा है।"

"अब सूरज कहाँ चला गया, पैडी ?" डिकी ने पूछा।

“वह चंद्रमा का पीछा कर रहा है जो कि अब अपनी बहुमूल्य पोशाक पहनकर आने वाला ही होगा। सूरज सदा ही उसका पीछा करता रहता है, पर कभी उसे पकड़ नहीं पाता।” बटन ने कहा।

“यदि वह उसे पकड़ ले तो क्या करेगा ?” एमी बोली।

“हो सकता है कि पकड़कर उससे नौकरी कराए, और वह इसी योग्य है।” बटन बोला।

“क्यों वह इसी योग्य है ?” डिकी ने पूछा जो इस समय प्रश्न पूछने के मूड में था।

“वह अपनी सुंदरता से सबको लुभा कर राह भटकाता रहता है। जैसा उसने ‘बक मैक्कान’ के साथ किया था।”

“वह कौन है ?”

“वह उसी गाँव का रहने वाला है जहाँ मैं पहले रहता था।”

“वह कौन सी जगह है ?”

“अब अधिक सवाल मत करो।” खीझकर बटन ने कहा। उसने फिर कहा कि बक मैक्कान किसी घास के मैदान में बैठा एकटक चंद्रमा की ओर देखता रहा था और एकटक उसका पीछा करता हुआ भागता चला जाता था। ढूँढ़े जाने पर वह कभी पहाड़ियों पर मिलता था या जङ्गलों में जहाँ वह भूख-प्यास से बेदम हो जाता था। लंगड़ाता लड़खड़ता हुआ चलता चला जाता था।

“मैंने एक गधे को लंगड़ाते हुये देखा है” डिकी बोला।

“तब तुमने बक के जुड़वा भाई को देख लिया। एक रात मेरा भाई ‘टिम’ आग के पास बैठा, कुछ सोच रहा था कि बक आया। उसने कहा, टिम, आखिर मैंने उसे पा ही लिया।”

“किसे पा लिया ?”

“चंद्रमा को।”

“तुम्हें कहाँ मिला ?”

“तालाब में था। मैंने बाल्टी से उसे निकाल लिया और वह बिल्कुल टूटा-फूटा नहीं है। चलो, उसे देखो चलकर।” टिम ने वहाँ जाकर देखा, वह सचमुच ही एक बाल्टी भरकर पानी रक्खे था जिसमें चंद्रमा की परछाईं दिखायी दे रही था।

“मैंने उसे तालाब से बाहर निकाल लिया है”, फुसफसाते हुये धीरे से बक ने कहा। उसने कहा कि अब मैं बाल्टी का पानी धीरे से फेंक कर चाँद को पकड़ लूँगा और धीरे-धीरे उसने बाल्टी का पानी गिरा दिया, पर अब उसे चाँद नजर

नहीं आया। "तो वह फिर चला गया," बक ने उदास होकर कहा।

मेरे भाई ने कहा कि फिर कोशिश करो। बक ने फिर बाल्टी में पानी भरा और जब उसका हिलना बंद हुआ तो बक फिर से उसमें चाँद देखकर खुशी से चीख उठा।

"अब फिर इसका पानी गिरा दो, पर देखो इस बार होशियार रहना। कहीं पिछली बार की तरह धोखा न खा जाओ।" मेरे भाई ने कहा।

"एक मिनट रुको, मैंने एक बात सोची है।" कहकर बक रसोई घर से एक चलनी उठा लाया।

"इसको पकड़ो। मैं पानी गिराता हूँ। इस बार यदि वह भागेगा भी तो इस चलनी में ही रुक जायेगा।" कहकर बक धीरे-धीरे बाल्टी से पानी गिराने लगा। जब बाल्टी खाली हो गयी तो उसे फिर चाँद नहीं दिखायी दिया। इस बार वह दुख से रो पड़ा कि चाँद फिर से खो गया। उसने गुस्से से बाल्टी और चलनी दोनों तालाब में फेंक दी। तभी उसकी माँ ने आकर उसे छड़ी से मारते हुये पूछा, "मेरी बाल्टी कहाँ है ?"

"तालाब में," बक बोला।

"और चलनी ?"

"वह भी बाल्टी के पास चली गयी।"

"चलो मैं तुम्हें दूसरी बाल्टी दूँगी," कहकर घसीटते हुये ले जाकर उसकी माँ ने उसे एक कमरे में बंद कर दिया और उसे भूखा रक्खा जिससे कि उसके दिमाग से चंद्रमा का भूत निकल जाये।

अब तक पूरा-पूरा चाँद निकल आया था। आज वह बहुत चमकीला और चाँदी के समान सफेद था।

बच्चों की और बटन की छाया, रसोई घर की दीवार पर गहरी काली दिखाई दे रही थी।

"हम लोगों की परछाईं देखो," कहकर डिकी हैट उतार कर हवा में हिलाते हुये बोला। एमीलाइन ने अपनी गुड़िया उठाकर उसकी परछाईं भी देखी और बटन ने अपने पाइप की।

"अब चलो!" कहकर उठते हुये बटन ने कहा–"अब तुम लोगों को सो जाना चाहिए।"

"अभी मैं नहीं सोऊँगा। मैं थका नहीं हूँ। पैडी अभी हम लोग थोड़ी देर और यहाँ क्यों न बैठे ?" डिकी बोला।

"अच्छा मेरा पाइप खत्म हो जाये उसके बाद एक मिनट भी यहाँ नहीं बैठूँगा।"

"तो पाइप फिर से भर लो।"

"बटन ने कुछ उत्तर नहीं दिया और चुपचाप पाइप पीता रहा।

"बटन सुनो," एमीलाइन ने धीरे से कहा जो हवा में कुछ सूँघने की कोशिश कर रही थी।

"क्या है ?" बटन ने पूछा।

"मुझे कुछ खुशबू आ रही है।"

"किस चीज की ?"

"बड़ी अच्छी-सी खुशबू है।"

डिकी ने जोर से साँस खींचते हुये पूछा—"काहे की खुशबू है ?"

"शायद फूलों की है।" एमी बोली।

इस समय हवा में बहुत ही हल्की सी सुगंध आ रही थी जिसका अनुभव सबको हो भी न सकता था।

"फूलों की सुगंध!" पाइप झाड़ते हुये बटन ने पूछा, "यहाँ समुद्र के बीचों-बीच फूल कहाँ ? तुम लोग सपना तो नहीं देख रहे हो ? अच्छा उठो चलो बिस्तर पर।"

"फिर से अपना पाइप भर लो," डिकी ने धीरे से कहा।

"नहीं, अब उठो!" कहकर बटन ने डिकी को लट्ठे पर से उठा लिया और एमी को भी सहारा देते हुये कहा—"अब तुम्हें सो जाना चाहिए।"

जैसे ही वे जहाज की घण्टी के पास आये डिकी ने जोर से उसे हिला दिया। उसकी आवाज से वह बड़ा ही खुश हुआ। फिर वे सोने के लिये चले गये।

पैडी ने बिस्तरे बिछाकर मेज-कुर्सी इत्यादि साफ करके ठीक से लगा लिये थे। जब बच्चे सो गये तो वह बाहर आकर और रेलिंग पर टेक लगाकर खड़ा हो गया और चाँदी से चमकते हुये समुद्र के पानी और लहरों को ताकने लगा। वह अब भी जहाजों के बारे में सोच रहा था। वह बहुत उदास और सुस्त था।

जेब में हाथ डालकर वह इधर-उधर धीरे-धीरे टहलने लगा। कुछ समझ में न आ रहा था कि क्या करना चाहिए ? उसने जहाज के डेक के तख्तों और चाँदी सी चमकती हुयी कीलों को गिनना खुश कर दिया।

फिर उसे अपने पुराने दिन याद आ गये। उसे फिर बक की याद आयी, जिसकी कहानी अभी वह बच्चों को सुना चुका था। उसे "कानेमारा' 'आयरलैंड' पहाड़ों की चमकती हुयी चोटियाँ याद आ रही थीं।

तभी समुद्री चिड़ियों की तेज आवाज से उसका ध्यान टूटा और वह कानेमारा की पहाड़ियों से एकाएक शीनेन्दोआ के डेक पर आ गया। अब वह डरने लगा। रसोईघर की खिड़की से अंदर घना अंधकार छाया हुआ था। कहीं कोई छाया घूमती हुयी न दिख जाये या कोई सिर निकाल कर झाँक न रहा हो यह सोचकर वह तेजी से चलकर केबिन में घुस गया और बच्चों के पास ही लेट गया। जल्दी ही वह गहरी नींद में सो गया और रात की खामोशी और भी बढ़ गयी। जहाज धीरे-धीरे लहरों पर हिल रहा था। हवा के हल्के झोंकों के साथ कहीं से कभी-कभी फूलों की सुगंध भी आ रही थी।

# नौ

आधी रात के लगभग जब कोहरा छंटा तो लंबी नाव वाले लोगों ने दूसरी छोटी नावें ढूँढ़ने की कोशिश की। वह आधे मील की दूरी पर दिखाई पड़ रही थीं। मि. लेस्ट्रेंज ने जोर से चिल्लाकर पूछा—“क्या तुम लोगों को सबसे छोटी नाव दिखायी दी ?”

“कोई चिह्न भी नहीं दिखायी पड़ता ।” कप्तान ले फार्ज ने कहा—“पता नहीं वह लोग अपने साथ क्या खाने-पीने का सामान ले गये हैं। अच्छा तुम लोगों के पास क्या है ?” मि. ले फार्ज ने नौकरों से पूछा।

“दो थैले रोटी और एक बर्तन में पानी है।” एक ने उत्तर दिया।

“बर्तन पूरा भरा है या नहीं ?”

“इसमें दो गैलन से अधिक पानी नहीं है।”

“हे भगवान् अब क्या होगा ?” ले फार्ज ने निराश होकर कहा।

“हम लोग केवल दो बार खाने के साथ पानी पी सकते हैं।”

“हो सकता है छोटी नाव के पास अधिक सामान हो।” ले फार्ज ने कहा।

तभी लेस्ट्रेंज ने फिर पूछा—“क्या सचमुच ही छोटी नाव कहीं नहीं दिखाई दे रही है।”

“नहीं।” ले फार्ज बोले।

मि. लेस्ट्रेंज बहुत ही दुखी हो गये। निराशा से वह सिर नीचे झुका कर बैठ गये और सोचने लगे। उन्हें लग रहा था मानों उनके चारों ओर दुखों का जाल बिछ गया है और अब वे उससे निकल नहीं सकते।

दोनों नावें अभी तक काफी दूरी पर थीं। बड़ी नाव के एक मल्लाह ने चिल्लाकर छोटी नाव वालों से कहा—“आप लोग सुन रहे हैं ?”

“क्या है ?”

''क्या तुम लोगों के पास काफी पानी है ?''

''नहीं।''

''अच्छा तुम लोग थोड़ी देर चप्पू चलाना बंद करो।''

मि. ले फार्ज ने गुस्से में कहा—''तुम लोग हमें आज्ञा देने वाले कौन होते हो, बेवकूफो।''

कुछ देर के लिये छोटी नाव को उन लोगों ने नहीं चलाया और वह काफी पास आ गयी।

''तुम लोगों के पास कितना पानी है ?'' फिर बड़ी नाव से आवाज आयी।

''बहुत ही कम।''

''थोड़ा सा हमें भी दे दो।''

''हम लोगों का प्यास से गला सूख रहा है।''

परंतु उन लोगों ने कुछ ध्यान नहीं दिया। फिर छोटी नाव से आवाज आयी—''हम लोगों को थोड़ा पानी दे दो, नहीं तो हम लोग तुम्हें जाने नहीं देंगे,'' और दोनों, नावों के लोगों में लड़ाई होने लगी, पर थोड़ी ही देर में सब शांत हो गये। छोटी नाव के सब यात्री घायल हो गये। दो यात्री बेहोश भी हो गये थे।

दूसरे दिन सूर्यास्त का समय था। अब तक बड़ी नाव का सब पानी समाप्त हो चुका था। वे सब भी शांत हो गये थे। पूरे दिन छोटी नाव उसका पीछा करती रही और पानी की माँग होती रही। परंतु कोई फायदा न हुआ।

अब बड़ी नाव के यात्री भी प्यास से बेदम हो गये। उन लोगों ने नाव चलाना बंद कर दिया था, अब उनमें ताकत नहीं रह गयी थी।

अब छोटी नाव फिर पास आ गयी। बड़ी नाव के सब यात्री एक साथ चिल्ला उठे, ''हम लोगों के पास पानी नहीं है।'' परंतु उन लोगों को विश्वास नहीं हो रहा था। यद्यपि इन लोगों ने अपने खाली बर्तन भी दिखाए पर छोटी नाव वाले यही सोचते रहे कि वे धोखा दे रहे हैं।

मि. लेस्ट्रेंज एकाएक लंबी साँस लेकर उठ खड़े हुये और चारों ओर देखने लगे। छोटी नाव पास ही में थी। उस के यात्री उदास, थके हुये साफ दिखाई दे रहे थे।

सारी रात वे सब प्यास से बेहाल रहे। उससे भी अधिक परेशानी छोटी नाव के कारण थी जिसके यात्री उनसे बराबर पानी माँग रहे थे। और इस दुख से उन्हें छुटकारा तब मिला जब उन्हें फ्रांसीसी जहाज आरगो दिखायी दिया। बड़ी नाव में सब लोग अब भी ठीक थे परंतु छोटी नाव में शायद कोई भी जीवित न था।

# दस

''अरे बच्चो, देखो!'' बटन खुशी से चीख उठा।

बच्चे ध्यान से पैडी का मुँह देखने लगे।

''वह देखो, एक द्वीप दिखायी दे रहा है।''

डिकी भी खुश होकर डेक पर उछलने लगा। यद्यपि उसे पता न था कि द्वीप क्या होता है। पर वह कोई नयी चीज थी और पैडी की आवाज में खुशी झलक रही थी। इससे वह भी प्रसन्न था।

''अब हम लोग जमीन पर पहुँच जाएँगे। यहाँ आओ। मैं तुम लोगों को दिखाऊँ।'' कहकर बटन ने एमीलाइन को ऊपर उठा लिया। एमी ने दूर क्षितिज पर की हरियाली को देखा और प्रसन्न हो उठी।

पैडी ने जब डिकी को उठाया तो उसे अधिक कुछ न दिखायी दिया और उसका उत्साह कुछ ठंडा हो गया। पैडी जहाज छोड़ने की तैयारी करने में जुट गया।

उसने जल्दी-जल्दी बच्चों को बिस्कुट इत्यादि खिला दिये और स्वयं खाता हुआ सब सामान इकट्ठा करने लगा। पुराने कपड़े, टोप, जूते, आलू का थैला इत्यादि सामान बाँध कर छोटी नाव पर रखने लगा। जहाज पर मिली हुयी तंबाकू भी सँभाल के रख ली। बचे हुये बिस्कुट डिब्बों में बंद कर सामान और पानी भी उसमें रख दिया। सब ठीक करने के बाद बच्चों को लेकर वह फिर डेक पर आ गया और ध्यान से द्वीप को देखने लगा।

''क्या उसके चारों ओर पानी है ?'' एमी ने पूछा जो बटन के कंधे पर बैठी हुयी थी, और ध्यान से द्वीप की ओर देख रही थी।

अब उस द्वीप के वृक्ष दिखाई देने लगे थे। दूर तक फैले हुये समुद्र में वह हरा-भरा द्वीप अब चमक रहा था।

"क्या हम वहीं जा रहे हैं ?" डिकी ने पूछा।

"हाँ, हम लोग दोपहर तक वहाँ पहुँच जाएँगे। हो सकता है इससे भी जल्दी पहुँच जायें। अब हवा में ताजगी आ गयी थी। हल्की हवा के झोंके द्वीप की ओर से आ रहे थे, मानों जहाज को द्वीप से दूर ही रहने की सलाह दे रहे हों।

"अहा, कैसी अच्छी सुगंध आ रही है", एमी ने अपने नथुनें फैलाकर सूँघने की कोशिश करते हुये कहा—"यही सुगंध मुझे रात में भी आ रही थी। परंतु अब यह धीरे-धीरे बढ़ रही है।"

द्वीप छोटा तथा सुनसान था। छोटी-छोटी पहाड़ियाँ व हरे-भरे वृक्ष भी दिखाई देने लगे थे, जो स्पष्ट न थे। द्वीप के चारों ओर सफेद संगमर्मर का घेरा सा लग रहा था जो कि चट्टानों पर समुद्री पानी के टकराने से बनने वाले झाग के कारण था।

थोड़ी देर में साफ दिखाई पड़ने लगा। बड़े-बड़े नारियल के वृक्ष भी दिखाई देने लगे। बटन ने सोचा कि अब नाव निकालनी चाहिए। उसने एमीलाइन को उठा लिया जो कि अपने हाथों में कुछ सामान पकड़े हुये थी, और, फिर डिकी को भी उठा लिया। जल्दी नाव पानी में छोड़ दी। पाल तान दिये और शेनान्दोआ को समुद्र की लहरों में, उसके भाग्य पर छोड़कर वे आगे बढ़ गये।

"पैडी, क्या तुम द्वीप में नहीं चल रहे हो ?" डिकी बोला—लेकिन बटन ने कुछ उत्तर ने दिया। इस समय वह कुछ चिंतित था। वह सोच रहा था कि द्वीप कैसा होगा ? यदि उसमें कुछ लोग रहते होंगे तो कैसे होंगे ? उसने दक्षिणी समुद्रों में कुछ साल बिताये थे और उसे इस बात का कुछ अनुभव था। मार्केसास और समोआ द्वीपों के मनुष्यों के विषय में जानकारी थी और वे उसे पसंद भी थे। उसने पाइप जला लिया। अब वह ध्यान से द्वीप की ओर देखने लगा। चट्टानों के बीच उसने एक जगह खोज निकाली जहाँ से वह नाव को द्वीप में ले जा सकता था।

जैसे-तैसे वे पास पहुँचते गये उन्हें हल्की आवाज सुनाई देने लगी जो चट्टानों पर पानी की लहरों के टकराने के कारण हो रही थी।

एमी चुपचाप अपना सामान गोद में रक्खे हुये, एकटक द्वीप की ओर देख रही थी। वह चकित सी उस दृश्य को देख रही थी। चमचमाती धूप, हरा-भरा द्वीप, चट्टानों पर जमा हुआ सफेद झाग, समुद्री चिड़ियों की चीखने की तेज आवाज, लहरों के चट्टानों पर टकराने से पैदा होने वाली गरज, सब देख सुनकर वह आश्चर्यचकित हो रही थी।

बटन ने पास पहुँचकर पाल उतार दिये और चप्पू उठा लिये। जैसे-जैसे वे पास आते गये लहरों की तेजी बढ़ती गयी। उनके टकराने की आवाज तेज होती गयी। अब चट्टानों के चारों ओर चक्कर खाते हुये लहरें तेज हो गयी थीं। द्वीप के पास की चट्टानों में लहरों का उतार-चढ़ाव बहुत बढ़ गया था। नाव अपने आप ही जल्दी से बढ़ने लगी और एक चट्टान से टकराकर रुक गयी। दूर समुद्री चिड़ियों के चीखने की आवाज सुनाई दी। डिकी उत्साह से चिल्ला उठा और एमी ने कसकर आँखें बंद कर लीं। जब नाव का हिलना कुछ कम हुआ तो एमी ने धीरे से आँखें खोलीं और अपने को एक आश्चर्यजनक जगह पर पाया।

# ग्यारह

दूर जहाँ तक नजर जाती थी समुद्र का नीला पानी ही पानी दिखलाई दे रहा था। इतना शांत मानों कोई झील हो। इतना स्वच्छ कि गहरे तल की वस्तुएँ भी साफ दिखाई पड़ी रही थीं। समुद्र की गहराई में फैली हुयी मूँगे की चट्टानें मछलियों के झुण्ड, यहाँ तक कि नीचे बालू पर मछलियों की छाया तक दिखायी दे रही थी।

किनारे पर रेत चमक रही थी, मानों झील के साफ पानी से धोयी गयी हो। लंबे-लंबे नारियल के पेड़ ठण्डी हवा में झूमते हुये मानों आपस में बातें कर रहे थे। लहरें भी शांत थीं, किनारे तक आकर वहीं खो जाती थीं।

"देखो उधर," डिकी चिल्लाया, "मछलियों को देखो!"

"बटन हम लोग कहाँ है?" एमी ने पूछा।

"मुझे नहीं मालूम, परंतु बुरी जगह नहीं जान पड़ती।" झील के नीले जल पर नजर डालते हुये बटन बोला। उसके दोनों ओर किनारे पर नारियल के लंबे-लंबे पेड़ दो सेनाओं की भाँति खड़े थे और मानों झील के साफ जल में खुद अपनी ही छाया एकटक देख रहे हों। उनके पास ही फूल और फलों के पेड़ लगे हुये थे। जंगली बेलें उनको आपस में एक दूसरे से बाँधे हुई थीं।

किनारे से कुछ दूर एक चट्टान पर एक अकेला नारियल का पेड़ गोल होकर नीचे झुका हुआ था। उसकी छाया साफ दिखाई दे रही थी। मानों पानी में अपनी छाया पकड़ने का प्रयत्न कर रहा हो। इस पूरे दृश्य की जान इन्हीं लंबे, शांत नारियल के पेड़ों में थी। झील का शांत नीला जल, मूँगे की चट्टानें, दूर तक फैला हुआ आकाश—गर्बीले नारियल के पेड़ों की शोभा बढ़ा रहे थे।

दूर-दूर तक समुद्र के नीले पानी के सिवाय कुछ न दिखाई देता था। सब सुनसान और निर्जन। किनारे का नजारा तो अत्यंत सुहावना था। हरे सफेद मूँगे

की चट्टानें, अनजान टापू, समुद्री चिड़ियों की आवाज सब उस सुंदर सुबह को और भी सुंदर बना रहे थे।

बटन पानी में उतर गया जो घुटनों तक था। डिकी भी उसके पीछे-पीछे हाथ पकड़कर उतर गया।

"एमी को भी उसी तरह पकड़ लो जैसे मैंने तुम्हें पकड़ा है। अच्छा! रहने दो। वह काफी ऊँचे पर है, तुम नहीं पकड़ पाओगे।" कहकर बटन ने एमी को गोद में ले लिया और धीरे-धीरे चलकर वे तीनों किनारे की रेत पर आ गये। अब यहाँ से झील का वास्तविक सौंदर्य दिखाई दे रहा था। समुद्र का यह हिस्सा बिल्कुल अलग और सुरक्षित था। झील मूँगे की चट्टानों के कारण तूफानों से सुरक्षित थी। लगभग एक तिहाई झील चौड़ी थी।

डिकी तो खुशी से पागल हो उठा। वह इधर-उधर उछलता-कूदता घूम रहा था। बटन ने नाव खींच कर रेत पर कर ली।

एमीलाइन अपने हाथ का बण्डल सँभालती हुयी जाकर रेत पर बैठ गयी और ध्यान से बटन के काम देखने लगी। उसके विचार में यह घटना भी साधारण समुद्र-यात्रा का एक हिस्सा था। वह चारों ओर आश्चर्यचकित-सी देख रही थी।

बटन ने बराबर यह ध्यान रक्खा कि बच्चे डरने न पायें। अच्छे मौसम ने उसका बराबर साथ दिया था। परंतु वह मन में सोच रहा था कि जो कुछ भी हो रहा है ठीक नहीं है। एमी को भी कुछ अजीब लग रहा था। जल्दी-जल्दी जहाज से उतरना, कोहरे में चाचा जी का गायब हो जाना इत्यादि घटनाएँ उसको अस्वाभाविक लग रही थीं। परंतु उसने कुछ कहा नहीं। एमी इसी सोच-विचार में डूबी थी कि डिकी दौड़ता हुआ वहाँ आया। उसके हाथ में एक जीवित घोंघा था। वह चिल्लाता हुआ आ रहा था कि एमी तुझको इससे कटा दूँगा।

"इसे ले जाओ !" एमी चिल्लायी। दोनों हाथ अपने मुँह के सामने फैलाकर आँखें बंद करके जोर से चिल्लायी–"बटन–बटन...ब...ट...न !"

"उसे छोड़ शैतान !" बटन ने सामान उतारते हुए डिकी को डाँटा।

"शैतान किसे कहते हैं, बटन !" डिकी ने पूछा।

"तुम इनमें से एक हो। अब मुझसे कोई प्रश्न न पूछो, मैं बहुत थक गया हूँ। अब सुस्ताना चाहता हूँ।" कहते हुये बटन एक वृक्ष के नीचे लेट गया। जेब से पाइप और तंबाकू निकाली और जलाकर पीने लगा। डिकी एमी के पास ही रेत पर लेट गया। बटन ने कोट मोड़कर सिर के नीचे तकिया लगा लिया। हरियाली और पेड़ देखकर उसने सोचा कि शायद कुछ खाने और पीने को यहाँ मिल सकेगा।

किनारे पर लगभग बीच में एक लंबी दरार सी थी जो बरसात में छोटी नदी का रूप धारण कर लेती होगी पर उमसें पानी बहुत कम था। उनके पास अभी खाने को काफी था और पानी भी लगभग एक हफ़्ते के लिये था। कुछ पानी कच्चे नारियल से भी मिल सकता था।

तभी एमी कुछ सोचकर उठी और अपने डिब्बे के चारों ओर लिपटे हुये शाल को हटाकर डिब्बा हाथ में लेकर खड़ी हो गयी।

डिब्बा देखते ही बटन उत्सुकतापूर्वक उठकर बैठ गया। पूछा–''इस डिब्बे में क्या है ? क्या मैं जान सकता हूँ ?''

''श्रीमती जेम्स ने कहा था कि जब तक तुम लोग किनारे पर न पहुँच जाओ खोलना मत, नही तो सब चीजें खो जाएँगी।'' एमी बोली।

''अब तो तुम किनारे पर हो।'' डिकी बोला–''अब इसको खोलो।''

''मैं खोलने ही तो जा रही हूँ।''

उसने बड़ी सावधानी से डिब्बे के चारों ओर लिपटे हुये डोरे को खोला। उसने किसी की भी सहायता लेने से इंकार कर दिया। उसके ऊपर का बादामी कागज भी उसने हटा दिया। अंदर एक दफ्ती का सादा डिब्बा था। बड़ी ही सावधानी से उसने उसका ढक्कन थोड़ा सा उठाया और अंदर झाँक कर खुशी से चीख उठी।

''जल्दी से खोलो!'' उत्सुकतापूर्वक डिकी भी उठकर बैठ गया।

''इसमें क्या है ?''

''इसमें चीजें हैं। कहकर उसने एकाएक ढक्कन खोल दिया उसमें चीनी का एक चाय का सेट रक्खा हुआ था। एक छोटी-सी चायदानी, जग, प्याले और तश्तरियाँ बहुत कायदे से रक्खी हुयी थीं। एक कागज खोलने पर छः छोटे-छोटे चम्मच भी दिखे। चाय के सेट पर सुंदर-सुंदर फूल-पत्तियाँ बहुत सफाई से बनी हुयी थीं।

''अच्छा तो यह चाय का सेट है।'' बटन ने कहा।

''हाँ !'' अजीब मुँह बनाकर डिकी बोला–''मैं तो सोच रहा था कि इसमें खिलौने वाले सिपाही होंगे।''

''अच्छा अब हम लोगों को चाय कब पिलाओगी।'' बटन समेटकर सब बर्त्तनों को डिब्बे में रखने लगा।

बटन ने पाइप की राख झाड़कर उसे जेब में रख लिया और उठ खड़ा हुआ।

‘‘अब मैं किसी जगह पर तंबू तान लूँ जिससे रात में ओस से बचाव हो सके परंतु पहले मैं जरा इस स्थान को अच्छी तरह से देख लूँ। कहीं पानी मिल सकता है या नहीं। एमी अपना डिब्बा सामान के पास छोड़ दो। यहाँ से इसे ले जाने वाला कोई नहीं है।’’ बटन ने बोलो।

एमी ने डिब्बा सारे सामान के साथ रख दिया जिसका एक नारियल के वृक्ष के नीचे ढेर लगा था, और बटन का हाथ पकड़कर उसके साथ हो ली।

वह जंगल देवदार के जंगलों के समान था। वृक्ष एक सी लंबाई के और लगभग बराबर दूरी पर लगे हुये थे मानों किसी ने गणित के नियम द्वारा दूरी और लंबाई का हिसाब लगाया हो। ऊपर बहुत ऊँचाई पर हरी छत के समान शाखाएँ और पत्तियाँ फैली हुयी थीं, जिनमें से प्रकाश छन-छन कर आ रहा था। ठण्डी हवा भी हरी-भरी पत्तियों से खेलने में व्यस्त थी।

‘‘बटन, कहीं हम लोग रास्ता न भूल जायें यहाँ पर।’’ एमी ने डरते हुये पूछा।

‘‘नहीं, हम रास्ता नहीं भूलेंगे। अभी हम लोग वापस चलेंगे।’’

तभी ऊँचाई से एक हरा नारियल टूटकर चक्कर खाता हुआ नीचे उनके सामने आ गिरा। पैडी ने उसे उठा लिया। ‘‘यह कच्चा नारियल है!’’ कहते हुये उसने उसे जेब में रख लिया। वह नारंगी के बराबर था। ‘‘हम लोग चाय के समय इसे खाएँगे।’’ कहकर बटन एमी का हाथ पकड़कर आगे बढ़ गया।

‘‘यह नारियल नहीं है।’’ डिकी ने कहा—‘‘नारियल तो भूरा होता है। एक बार मैंने खरीदा था।’’

‘‘अच्छा अब चलो। अधिक बातचीत मत करो। नहीं तो परियाँ हम लोगों का पीछा करने लगेंगी।’’ बटन बोला।

‘‘परियाँ क्या होती हैं ?’’

‘‘छोटी-छोटी लड़कियाँ ! हम लोगों के अँगूठे के बराबर।’’

‘‘वे क्या करती हैं ?’’

‘‘चुप अब बात मत करो। एमी, अपना सिर बचाओ, नहीं तो डालों से चोट लगेगी।’

अब वे और आगे बढ़े, जहाँ बहुत घनी छाया थी। वृक्षों की शाखाएँ आपस में गुँथी हुयी थीं। तनों पर पतली-पतली जंगली बेलें लिपटी हुयी उनकी सुंदरता बढ़ा रही थीं। वृक्ष भी बहुत पास-पास लगे हुये थे। शाखाएँ एक-दूसरे से ऐसी लिपटी हुयी थीं मानों भाई-भाई गले मिल रहे हों। जंगली अँगूर की बेलें,

अजीब-अजीब तरह के जंगली रंग-बिरंगे फूल, सुंदरता को और भी बढ़ा रहे थे।

एकाएक बटन रुक गया। "श...चुप रहो!" उसने कहा। उस शांति को भंग करती हुयी एक हल्की आवाज सुनाई दी मानों कोई धीरे-धीरे गाना गा रहा हो। पास जाने पर पानी बहने की साफ आवाज सुनाई दी। विश्वास हो जाने पर वे और आगे बढ़े। परंतु वह नजारा देखकर वे आश्चर्यचकित से खड़े रह गये। उन्होंने अपने को एक छोटे से हरे-भरे मैदान में पाया। एक काली चमकदार चट्टान से, जो बहुत ऊँची नहीं थी, एक झरना बह रहा था। उसकी चौड़ाई हाथ भर से अधिक नहीं थी। पास ही एक वृक्ष से एक मोटी-सी बेल लहराती हुयी झरने के बायीं ओर पहुँच रही थी। उसके सुंदर बड़े-बड़े फूल उस नजारे की सुदंरता को दुगनी कर रहे थे।

बच्चे यह सुंदरता देखकर खुशी से भर उठे। एमी पानी में हाथ डाल कर खेलने लगी। झरने के पास ही केले का एक वृक्ष भी दिखाई दिया जो फलों से लदा हुआ था उसकी पत्तियाँ बहुत बड़ी-बड़ी थीं और फल भी लदे हुये थे।

देखते ही, बटन, बिल्ली की तरह छलाँग लगाकर तुरंत ऊपर पहुँच गया।

"अरे पैडी को देखो!" कहकर डिकी खुशी से उछल पड़ा।

जब एमी ने देखा तो उसे हिलती हुयी पत्तियों के सिवा कुछ न दिखाई दिया।

"यहाँ पेड़ के नीचे आओ।" पैडी चिल्लाया, और दूसरे ही क्षण एक बड़ा सा केले का गुच्छा नीचे आ गिरा।

डिकी खुशी से उछल पड़ा। पर एमी ने कोई उत्सुकता न दिखाई, उसे इसी बीच कुछ और दिखाई पड़ गया था।

# बारह

''देखो बटन, यहाँ एक छोटा सा पीपा पड़ा है'' एमी ने काई से ढके एक ऊँचे स्थान की ओर इशारा करते हुये कहा।

''हाँ, यह तो कोई खाली पीपा मालूम होता है।'' मुँह से पसीना पोंछते हुये बटन बोला—''शायद कोई जहाज यहाँ आया होगा और उसी के यात्री इसे भूल गये होंगे। यह हम लोगों के बैठने के काम आएगा।'' कहते हुये बटन उस पर बैठ गया और बच्चों को घास पर बिठाकर उन्हें केले बाँटने लगा।

पीपे की दशा इतनी बुरी थी कि वह खाली ही लग रहा था। खाली हो या भरा हुआ परंतु बैठने के लिये अच्छी सीट थी क्योंकि वह आधा जमीन में धँसा हुआ था और हिलता-डुलता नहीं था।

''यदि यहाँ जहाज आते रहे हैं तो और भी आ सकते हैं।'' वह धीरे से बोला।

''क्या पिताजी का जहाज यहाँ आएगा ?''

''हाँ, जरूर आएगा।'' बटन मुँह से पाइप हटाकर बोला—''अच्छा, अब तुम लोग जाकर खेलो। मुझे थोड़ी देर अकेला छोड़ दो। फिर हम लोग पहाड़ी की चोटी पर चलेंगे और पूरे द्वीप का नजारा देखेंगे।''

''एमी आओ!'' डिकी बोला—और दोनों उछलते-कूदते पेड़ों के पीछे गायब हो गये। डिकी इधर-उधर बेलों में लटक जाता था और पत्ते तोड़कर फेंक देता था। एमी बहुत सावधानी से सुंदर-सुंदर फूल तोड़ने लगी।

जब बटन पाइप खतम कर चुका तो बच्चों को आवाज देने लगा और उसके उत्तर में दूर से धीमी-सी आवाज सुनाई दी। थोड़ी ही देर में दोनों दौड़ते हुये वहाँ आ पहुँचे। एमी के हाथ में फूलों का एक बड़ा सा गुच्छा था। वह हँसती खिलखिलाती, फूलों का गुच्छा हवा में हिलाती हुयी आ पहुँची। डिकी के हाथ में हरे पत्थर जैसी कोई चीज थी।

“देखो मुझे कैसी अजीब सी चीज मिली है, इसमें छेद भी है।” डिकी बोला।

“इसे फेंक दो!” बटन ने डाँटा, “यह तुम्हें कहाँ से मिला? इसे मुझे दो!” कहते हुये बटन ने झपटकर छीन लिया और दूर फेंक दिया। वह काई से ढकी हुयी मनुष्य की खोपड़ी थी।

“यह क्या है, पैडी ?” कुछ भयभीत से स्वर में डिकी ने पूछा।

“यह कोई अच्छी चीज नहीं है।”

“उन्हें मत उठाना, लगता है यहाँ कुछ भयानक घटनाएँ घटी हैं, अच्छा, एमी, तुम क्या लायी हो ?”

एमी ने फूलों का गुच्छा आगे बढ़ा दिया। बटन ने उसमें से एक बड़ा-सा लाल फूल तोड़ लिया और अपने कोट के कालर में लगा लिया। फिर वे ऊपर पहाड़ी की ओर बढ़ चले। जितना ही ऊपर चढ़ते जाते थे, वृक्ष अधिक दूर-दूर मिल रहे थे। जंगल कम घना हो चला था। नारियल के वृक्ष भी कम होते जा रहे थे। जो थे वे झील की ओर गोलाई से झुके हुये थे।

ऊँची-ऊँची झाड़ियों के बीच से होते हुये वे आगे बढ़ते जा रहे थे। कुछ आगे बढ़ने पर उन्हें एक हरा-भरा मैदान मिला, जिसमें वृक्षों का नाम-निशान न था। फिर उन्हें लगभग सौ फुट सीधी ऊँचाई चढ़नी पड़ी, जिससे वे थक गये। कुछ ही देर में वे पहाड़ी की चोटी पर पहुँच गये। चोटी का एक भाग बिलकुल चौरस था और वहाँ काफी जगह थी। यहाँ से द्वीप का हर एक भाग साफ दिखाई दे रहा था। नीचे का नजारा सुंदर दिखाई दे रहा था। हवा में झूमते हुए ऊँचे-ऊँचे वृक्षों की चोटियाँ नीली, शांत झील, मूँगे की चट्टानें और इससे भी आगे दूर तक फैला हुआ सागर। द्वीप के चारों ओर मूँगे की चट्टानों का घेरा-सा था। तट से लहरों के टकराने की आवाज भी सुनाई दे रही थी परंतु किनारे पर लगातार सुनाई देने वाली आवाज यहाँ पर रुक-रुककर सुनाई देती थी।

पश्चिम दिशा से ठण्डी हवा धीरे-धीरे आ रही थी और उसके झोंकों के साथ-साथ ऊँचे वृक्ष भी झुक-झुक जाते थे। सब मिलकर उस दिन की सुंदरता को और भी बढ़ा रहे थे। ऊपर आकाश की सुंदरता भी देखने योग्य थी। रंग-बिरंगे तारों के समूह की भाँति पक्षी दिखाई दे रहे थे और पलभर में गायब भी हो जाते थे। वे थे जंगली पक्षियों के झुण्ड जो खुशी से आकाश में उड़ रहे थे। झील के किनारे समुद्री चिड़िया के समूह भी कभी-कभी दिखाई दे जाते थे, जो ऐसे लग रहे थे जैसे सफेद बादल का कोई छोटा टुकड़ा हो। उनकी तेज चीख यहाँ तक सुनाई दे रही थी।

झील का नजारा भी वहाँ से साफ दिखाई दे रहा था। झील कहीं पर गहरी और कहीं पर छिछली थी। इसी कारण पानी कहीं गहरे नीले रंग का और कहीं हल्के नीले रंग का दिखायी पड़ रहा था। किनारे-किनारे का पानी बहुत ही हल्के रंग का था। छिछले स्थानों पर मूँगे की चट्टानें कहीं-कहीं उभरी हुयी दिख जाती थीं। द्वीप लगभग तीन मील चौड़ा था। कहीं भी कोई मकान, या किसी मनुष्य के रहने का चिह्न नहीं दिखाई दे रहा था। वह एक आश्चर्यजनक स्थान था। जहाँ पूरी तरह से प्रकृति का अधिकार था। तरह-तरह के फूल-फल, वृक्ष इत्यादि लगे हुये थे। ऐसे स्थान में चुपचाप अकेले बैठ कर पाइप पीना और विचारों में खो जाना भला लग सकता था। परंतु वह ऐसा स्थान था जहाँ न कोई रहता था और न कोई इस स्थान को जानता ही था। जिसका आज तक संसार के और भागों से कोई संबंध न था।

परंतु इस एकांत स्थान में पक्षी इतने सुंदर थे और फूल, बेलें आदि इतनी सुंदरता से लगे हुये थे मानों किसी प्रदर्शनी के लिये तैयार किये गये हों। प्रकृति का वरदान शायद जितना इस वीरान जगह को मिला था, संसार के किसी और जगह को न मिला था। यह जगह मनुष्य की बनावटी सजावटों से दूर था।

परंतु वह बूढ़ा मल्लाह बटन यह सब छोड़कर दूर क्षितिज पर अपनी नजर गड़ाए किसी धुँधले से बिंदु को देखने में व्यस्त था। वह उसी के बारे में सोच रहा था। जरूर वह कोई दूसरा द्वीप था। इसके सिवा समुद्र की सतह पर दूर तक भी कोई चिह्न दिखाई नहीं दे रहा था।

एमीलाइन अभी तक चोटी तक नही पहुँच पायी थी। वह झाड़ियों में घुस-घुसकर जल्दी फलों के गुच्छे तोड़ती हुयी चल रही थी। उसके हाथ में लाल रंग के छोटे-छोटे फल थे, शायद जहरीले। एमी हाथ में दो गुच्छे लिये हुये पहाड़ी की चोटी पर पहुँची ही थी कि बटन चिल्ला पड़ा—"फेंको इन्हें, जल्दी से नीचे फेंको। अपने मुँह में मत रख लेना।" वह जल्दी से दौड़कर एमी के पास आया और दोनों गुच्छे छीनकर फेंक दिये। बटन उसका मुँह खोल कर झाँकने लगा कि उसने वे फल खाए तो नहीं हैं। परंतु उसके मुँह में केवल गुलाबी, ताजे फूल की पंखुड़ी के समान छोटी-सी जीफ के सिवा और कुछ न मिला। फल का कोई चिह्न न था। प्यार से उसके गाल थपथपा कर उसका हाथ पकड़े हुये बटन पहाड़ी के नीचे उतरने लगा। डिकी भी उसका हाथ पकड़कर चल पड़ा।

# तेरह

उस रात झील के किनारे की रेत पर तंबू के नीचे वे सब बैठे थे। दिन में ही बटन ने तंबू तान लिया था। अभी तक एमी उन विषैले लाल फलों के बारे में पूछती रही थी जिनको खाकर सदा के लिये ही सो जाना पड़ता है।

"बटन, अच्छा बताओ बिल्लियाँ सोती हैं या नहीं ?"

"किसने कहा कि वे नहीं सोती हैं ?"

"मेरा मतलब है," एमी बोली–"जब वे सो जाती हैं तो कभी जागती नहीं हैं; जैसा हम लोगों की बिल्ली ने किया था। वह सफेद बिल्ली थी और उस पर भूरी धारियाँ पड़ी हुयी थीं, पूँछ पर भी वैसी धारियाँ थीं। एक बार वह हमारे बाग में सो गयी और फिर वह कभी नहीं जागी। उसके पैर अकड़ गये थे, मुँह खुला था और दाँत दिखाई दे रहे थे। मैं श्रीमती जेम्स के यहाँ जो एक डॉक्टर की पत्नी थीं–चाय पर गयी हुयी थी। जब मैंने वापस आकर जेन से पूछा पूसी कहाँ है तो उसने बताया कि वह मर गयी है और गाड़ दी गयी है। परंतु चाचाजी से यह बतलाने को मना कर दिया था।

"मुझे याद है," डिकी बोला–"उसी दिन तो जिस दिन मैं सरकस देखने गया था। तुमने मुझसे कहा था कि पिताजी को मत बताना कि बिल्ली जमीन में गाड़ दी गयी है। परंतु मैंने श्रीमती जेम्स से पूछा था कि गाड़ने के बाद बिल्ली कहाँ गयी होगी। उसने बताया कि वे लोग शायद नर्क में ही जाती होंगी, क्योंकि वह बिल्ली तो सदा ही फूलों को बरबाद किया करती थी। फिर उसने भी मुझसे यह सब किसी को बताने को मना किया था।

मैंने उससे पूछा कि यदि किसी को न बताऊँ तो तुम मुझे क्या दोगे ? इस पर उसने मुझे पाँच शिलिंग दिये थे। उन्हीं से मैंने नारियल खरीदा था। पर वह इन नारियलों जैसा न था। भूरे रङ्ग का था।"

बटन ने रेत पर एक तंबू तान लिया था। दो चप्पू और एक पेड़ की टहनी गाड़कर उसने एक त्रिकोण बना लिया था और उस पर छाया के लिये जहाज से लाये हुये पाल का एक टुकड़ा तान दिया। बीच में एक बड़ा डण्डा लगा दिया था ताकि उस भाग को ऊँचा उठाए रहे और कुछ इधर-उधर के पेड़ों के फूल-फल, पत्ते इत्यादि हवा के झोंकों से टूट कर गिरें भी तो कूड़ा न इकट्ठा हो जाये।

सूर्यास्त हो चुका था परंतु चाँद अभी नहीं निकला था। वे सब तंबू के पास बैठे हुये थे।

"अच्छा बटन, तुम उस समय जङ्गल में किसके बारे में बात कर रहे थे ?"

"कब, कौन-सी बात ?"

"अरे, जब तुमने कहा था कि चुप रहो, धीरे बोलो।"

"ओह ! तुम परियों के बारे में पूछ रहे हो ? क्या तुमको कुछ भी नहीं मालूम है। जहाँ तुम्हारा घर था, तुमने कभी किसी से परियों के बारे में नहीं सुना था क्या ?"

"वहाँ परियाँ नहीं थीं।" डिकी बोला—"श्रीमती जेम्स ने बताया था कि परियाँ होती हैं।" एमी बीच में बोल पड़ी—"वे परियों में विश्वास करती थीं और उन्हें यह पसंद था कि बच्चे परियों के बारे में बातें करें। एक बार तो किसी महिला मित्र से बातें कर रही थीं तब उन्होंने कहा था कि...।"

"खैर तुम लोग विश्वास करो, या न करो," बटन बीच में ही एमी को रोकते हुये बोला—"यहाँ तो बहुत सी हैं। हो सकता है हम लोगों के आस-पास ही कहीं छिप कर हम लोगों की बातें सुन रही हों। और हमारे देश आयरलैंड में तो परियाँ बहुत ही ज्यादा होती हैं। ओह ! वे बीते हुये दिन भी कितने अच्छे थे। क्या फिर वैसे दिन कभी आएँगे ? तुम लोग विश्वास करो या न करो, परंतु मेरे पिताजी (ईश्वर उनकी आत्मा को शांति दे) एक बार एक गाँव से रात को आ रहे थे। उनके एक हाथ में शराब की बोतल थी और दूसरे में पंख इत्यादि नोच कर साफ की हुयी एक बत्तख थी जो उन्होंने लाटरी में जीती थी। रास्ते में उन्हें मधुमक्खियों की भनभनाहट जैसी धीमी आवाज सुनायी दी। आवाज एक झाड़ी के पीछे से आ रही थी। जब उन्होंने उसके पीछे झाँक कर देखा तो उन्हें परियों का एक झुण्ड दिखाई दिया सब एक दूसरे का हाथ पकड़कर घेरा बनाए हुये नाचने में व्यस्त थीं। उनके पास ही एक सफेद पत्थर का अँगूठे के बराबर का एक लड़का, बाँसुरी बजा रहा था। पिताजी यह सब देखते ही तेजी से घर की ओर भागे। भय से उनका चेहरा सफेद हो रहा था। हाँफते हुये वे दरवाजे

से घुसे और वहीं जमीन पर धम से बैठ गये।''

''क्या बात है?'' माँ ने पूँछा।

''मैंने परियाँ देखी हैं। वे दूर जंगल में नाच रही हैं। जो बत्तख मैं ला रहा था वहीं गिर गयी। खैरियत यही है कि यह शराब की बोतल बच गयी। इसकी कार्क खोलकर थोड़ी सी मुझे दो। मेरा गला सूख रहा है।''

और जब बोतल की कार्क खोली गयी तो वह खाली मिली। दूसरे दिन सुबह हम लोगों ने जाकर बत्तख को ढूँढ़ा पर वह भी वहाँ नहीं मिली। वहाँ वह सफेद पत्थर वैसा ही पड़ा हुआ था और छोटे-छोटे पैरों के निशान भी उस समय तक बने हुये थे।''

बच्चे चुपचाप बैठे सुनते रहे। डिकी बोला—''परियों के बारे में और बताओ।''

''बता तो रहा हूँ। मैं बिल्कुल सच्ची बात बता रहा हूँ। मेरे मामा कोगान एक बार एक परी हाथ में लेकर देख भी चुके हैं। वे साढ़े छः फुट लंबे थे। एक बार उनके सिर में ऐसी चोट लगी थी कि सिर चिपटा हो गया था। फिर पाँच शिलिंग लेकर डॉक्टर ने उसे ठीक किया था।''

डिकी ने बीच में उसे रोककर कुछ पूछना चाहा पर बटन बोलता ही रहा—उसको परियों के बारे में बहुत जानकारी थी—''मैं छोटा-सा था जब वे मुझे परियों के बारे में बहुत सी बातें बतलाया करते थे। मेरा तो सुनते-सुनते सिर चकरा जाता था''—बटन बोलता ही गया—''एक बार परियों ने मेरे मामा का रात में ऐसा पीछा किया कि वह परेशान हो गये। एक रात जब वे घोड़े पर सवार थे, परियों ने उनका पीछा किया। घोड़े की पूँछ में वे सुइयाँ चुभोती रहीं जिससे कि बड़ी देर तक घोड़ा दौड़ता रहा जब तक कि वह थक कर बेदम न हो गया।

एक बार रात में उन्हें ईंटों से भरी एक छोटी सी गाड़ी गधे की तरह घसीटनी पड़ी और एक बार एक बूढ़ी परी ने चाकू लेकर उनका पीछा किया था।'' कहते-कहते बटन थोड़ी देर के लिये चुप हो गया। उसका पाइप अब तक बुझ चुका था। दियासलाई के लिये जेब में हाथ डाला तभी उसे याद आया कि उसे तंबू में छोड़ आया था। दियासलाई लाकर उसने पाइप फिर से जलाया और चुपचाप बैठ गया।

चाँद निकल आया था। चाँद के साथ-साथ लहरों की गति बढ़ती-जा रही थी। झाग भरी लहरें, चट्टानों से टकराकर मधुर संगीत सुना रही थीं। चाँदनी में

चमकती हुयी झील दिन की अपेक्षा अधिक चौड़ी जान पड़ती थी। कभी-कभी किसी बड़ी मछली के उछलने की आवाज छपाक से पानी में सुनाई दे जाती थी और कभी समुद्री चिड़ियों की चीखें। उनके पीछे घना जंगल और भी घना दिखाई दे रहा था। मानों कोई भयंकर गुफा हो जहाँ अंधकार के कारण कुछ भी दिखाई न दे रहा हो।

बटन ने जेब से एक पतली सी रस्सी निकाली और बोला—"एमी, चलो सोने का समय हो गया है। मैं तुम्हें इससे बाँध दूँगा नही तो तुम रात को नींद में ही उठकर चल दोगी और इन जंगलों में खो जाओगी।"

"नही मैं नहीं बँधवाऊँगी।"

"मैं यह तुम्हारी ही भलाई के लिये कह रहा हूँ।" कहकर—बटन ने उसकी कमर में वह रस्सी बाँध दी और तंबू में ले जाकर उसका दूसरा छोर चप्पू से बाँध दिया। फिर बोला—"देखो यदि तुम उठकर भागोगी तो यह तंबू हम लोगों के ऊपर गिर पड़ेगा।" एमी को सुलाकर वह भी सोने की कोशिश करने लगा।

# चौदह

‘‘मैं पुराने कपड़े नहीं पहनूँगा, नहीं पहनूँगा।’’ आगे-आगे दौड़ता हुआ डिकी बोला। बटन एक छोटा-सा पुराना पायजामा लिये उसके पीछे-पीछे भाग रहा था।

इस द्वीप में रहते हुये उन्हें लगभग पंद्रह दिन हो गये थे और डिकी को सबसे अधिक खुशी नंगे रहने में मिलती थी। कपड़े उतार कर झील के पानी में देर तक खेलता रहता और बाहर निकलकर धूप में अपना बदन सुखा लेता था। इधर-उधर नंगा ही दौड़ता रहता था।

पहले दिन जब बटन ने डिकी से कहा था कि कपड़े उतार कर पानी में घुस जाओ और नहा लो; तब मानने पर भी राजी नहीं हुआ था और एमी तो रोने लगी थी। लेकिन अब तो उन लोगों को पानी से अलग रखना बहुत मुश्किल था।

एमी अभी-अभी नहाकर निकली थी। वह किनारे पर ही रेत पर बैठकर डिकी को खेलते को देखने लगी। बच्चों के लिये जमीन से अधिक उस झील के पानी में आकर्षण था।

जंगल में लंबे डण्डे लेकर वे पके हुये केले तोड़ लाते। रेत पर खेलते हुये तरह-तरह के घोंघे, छिपकलियों इत्यादि पड़कते फिर उनकी पूँछ पकड़कर हवा में घुमाकर फेंक देते। ऊपर पहाड़ी पर चढ़ जाते और दौड़ते हुये नीचे आते परंतु झील से अधिक आकर्षण कहीं भी नहीं था। झील के किनारे की चट्टानों पर बैठ कर पैडी मछलियाँ मारा करता था। झील का पानी इतना साफ था कि तरह-तरह के जीव अंदर दिखाई देते थे। पानी में तरह-तरह के फूल पौधे भी थे। यदि मछली मारने का काँटा फूलों से छू जाता तो वे बंद हो जाते थे।

रेत पर घोंघों के अंदर के जीव टाँगें निकाल तेजी से चलते हुये दिखाई देते थे और यदि उनको किसी चीज से छू लिया जाता तो वे ऐसे चुपचाप पड़ जाते मानों उनमें जान ही न हो।

उस झील में अजीब-अजीब जीव थे। रंग-बिरंगी मछलियाँ इधर से उधर तैरती दिखाई देती थीं। नाव की छाया भी झील के तल में इतनी स्पष्ट दिखाई दे रही थी मानों वहाँ पानी है ही नहीं।

पैडी कभी झील के किनारे-किनारे आधे मील से दूर नहीं गया था। वहीं पर जो मछलियाँ उसे मिल जाती थीं उन्हीं से काम चल जाता था। आग जलाकर मछलियाँ भूनता और जंगल से कुछ फल ले आता था। सब मिलकर उसी से पेट भरते थे।

तंबू भी अब उन लोगों ने बढ़ा लिया था। जंगल से पेड़ों की लंबी डालें लाकर कई और जगह गाड़ लिये थे और ऊपर छाया के लिये दूसरा बड़ा मोटा कपड़ा लगा लिया था।

बच्चे भी इस आश्चर्यजनक जगह आकर प्रसन्नता के कारण, सब भूल गये थे। वे अब मि. लेस्ट्रेंज के बारे में कुछ भी नहीं पूछते थे।

# पन्द्रह

उस मुक्त वातावरण में उनका समय बड़ी अच्छी तरह बीत रहा था। खुद ही इधर-उधर से खाने का सामान एकत्र करना, उसे पकाकर खाना, इधर-उधर आजादी से घूमना, खेलना-कूदना और जी भर कर सोना ही दिन भर का उनका कार्यक्रम था। वे सब बहुत खुश थे।

लगभग एक मास व्यतीत हो गया था। डिकी को तो मानों नया जीवन मिल गया था। दिन भर कुछ न कुछ करता रहता और हर काम में बटन की सहायता करता। एमी भी बटन के साथ काम करने में खुश होती थी। उनका पूरा दिन प्रकृति की गोद में और रात सोते गुजरती थी।

जिस प्रकार एमी एक बहुमूल्य डिब्बा लायी थी और सदा उसे अपने साथ ही रखती थी, डिकी के पास भी एक थैला था जिसमें रंग-बिरंगे छोटे-बड़े सब प्रकार के पत्थरों के टुकड़े थे। लगभग रोज ही वह उन्हें निकालकर गिनता था, एमी भी पास ही बैठकर देखती रहती थी। उसे ठीक तरह खेलना नहीं आता था।

एक दिन बटन ने देखा–डिकी और एमी एक दूसरे के सामने झील के किनारे बैठे हुये कुछ कर रहे हैं। पास जाकर देखने पर मालूम हुआ कि वे उन्हीं पत्थरों से खेल रहे हैं। मुँह में पाइप दबाए, जेब में हाथ डाले वह देर तक उनका खेल देखता रहा और उसकी बुराई करता रहा। थोड़ी ही देर में वह खुद भी उसमें रुचि लेने लगा। फिर वह उन्हीं के पास बैठकर खेल में भाग लेने लगा और इसके बाद अक्सर ही वे सब मिलकर गोलियाँ खेलते दिखाई देने लगे। एक आँख बंद करके हाथ में पत्थर लेकर बटन घुटनों के बल बैठ जाता और बहुत साधकर निशाना लगाता। बच्चे सोचते कि वह बहुत अच्छी तरह खेल रहा है और उसके साथ खेलकर बहुत खुश होते थे। वह भी इस तरह से उनके साथ खेलता था मानों खुद भी बच्चा हो।

कभी-कभी एमी अपना डिब्बा खोलती और सब सामान निकाल और सजाकर अपने समाने रखती। सबको चाय पार्टी देती और बटन उसमें मेहमान या सभापति बनता।

"आज चाय बड़ी अच्छी बनी!" बटन कहता।

"एक चम्मच चीनी और डालेंगे मि. बटन ?" एमी पूछती।

फिर चाय पार्टी समाप्त होने पर एमी सावधानी से सब बर्तन धोकर डिब्बे में रख लेती थी। एक दिन डिकी ने बटन से पूछा—"क्या कभी तुमने अपना नाम लिखा हुआ देखा है ?"

"क्या देखा है ?"

"अपना नाम !"

"बेकार सवाल मत करो। मैंने भला कब अपना नाम लिखा हुआ देखा होगा। ?"

"अच्छा रुको, मैं अभी दिखाता हूँ।"

दौड़कर वह कहीं से एक पतली डण्डी उठा लाया और वहीं रेत पर टेढ़े-मेढ़े अक्षरों में उसने लिखा—"ब...ट...न।"

"तुम बहुत होशियार लड़के हो डिकी।" प्रशंसा की नजर से उसकी ओर देखते हुये बटन बोला—"यह मेरा नाम लिखा हुआ है ? इसमें कौन-कौन से अक्षर लिखे हुये हैं ?"

"अच्छा मैं तुम्हें लिखना सिखाऊँगा। तुम्हारा नाम लिखना तुम्हें बताऊँ ?"

"नहीं मेरा नाम किस काम आएगा?" बटन बोल पड़ा। उसे तो खाली अकेले बैठकर पाइप पीना पसंद था।

परंतु डिकी उसका पीछा छोड़ने वाला नहीं था। इच्छा न होते हुये भी बटन को सीखना ही पड़ा और कुछ दिनों में बटन उसी तरह के अक्षर रेत पर लिखने लगा परंतु कई जगह गलतियाँ हो जाती थीं। डिकी और एमी उसके दोनों ओर बैठकर ध्यान से उसका लिखना देखते रहते।

एक अक्षर लिखकर बटन पूछता—"और आगे ?" उसके माथे से पसीना टपकने लगता—"और आगे क्या लिखूँ ? जल्दी बताओ क्योंकि मैं अब थक गया हूँ।"

"ऐसे नहीं—हाँ ठीक ! ओह कैसे बना रहे हो ? हाँ, ऐसे ! ठीक है—हाँ अब बिलकुल ठीक—अहा ! अब पूरा लिख लिया तुमने !"

और विद्यार्थी भी चैन की साँस लेता। प्रसन्नता से अपना पुराना टोप उसके ऊपर हवा में हिलाता हुआ कहता—"अहा ! कितना अच्छा लिखा है ?" और उसके उत्तर में दूर से समुद्री चिड़ियों की चीखें सुनाई देतीं मानों उसको उत्साहित करने के लिये चहक रही हों।

और लिखाई-पढ़ाई के बाद जोर की भूख लगती। सब खाने में जुट जाते। बटन को पढ़ाकर वे बड़े खुश होते थे। एक दिन एमी ने क्लास लिया। अपना छोटा-सा हाथ बटन के खुरदरे मोटे हाथ में रखते हुये बोली—"बटन !"

"क्या है एमी ?"

"मुझे भूगोल आता है।"

"वह क्या चीज है ?"

यह प्रश्न सुनकर एक क्षण को एमी चुप हो गयी। फिर बोली—"मतलब यह कि कौन-सी जगह कहाँ पर है ?"

"कौन-सी जगहें ?"

"अरे ! सब जगहें जो इस दुनिया में हैं।"

"यह क्या होता है ?"

"क्या तुम भूगोल सीखना पसंद करोगे ?" अंत में समझाने में असमर्थ एमी खीझ कर बोली।

"मेरी सीखने की तबियत नहीं है। इन बातों से मेरे सिर में दर्द होने लगता है।" बटन बोला—उसकी आवाज में उत्सुकता नहीं थी—और दोनों बच्चे भी उसके उत्तर देने के ढङ्ग से उदास हो गये।

डिकी ने हाथ से रेत पर बना हुआ चित्र मिटा डाला। एमी कुछ देर उदास बैठी रही। फिर एकाएक उसकी आँखें चमक उठीं और वह मुस्कराती हुयी बोली—"डिकी, अच्छा आठवाँ हेनरी बनाओ।" डिकी का भी मुँह खुशी से चमक उठा। उसने रेत बराबर करके उस पर एक चित्र बनाया।

"यह अभी ठीक नहीं बना है। मैं बनाता हूँ। एक बार पिताजी ने मुझे बताया था कैसे बनाते हैं। जब तक हैट नहीं बनाऊँगा, ठीक नहीं लगेगी।"

"अच्छा हैट बनाओ। देखूँ !" एमी ने बटन की ओर देखते हुये कहा। वह सोच रही थी कि बादशाह का चित्र बन जाने पर वह अवश्य ही उसकी प्रशंसा करेगा। डिकी ने जल्दी से राजा की हैट भी बना दी और गर्व से बटन की ओर देखा परंतु वह कुछ भी न बोला।

"मैंने श्रीमती जेम्स के लिये एक बार बनाया था उन्होंने कहा था, बिल्कुल ठीक बना है।" डिकी बोला।

"कहा होगा परंतु इसकी हैट ठीक नहीं बनी है।" यद्यपि वह चित्र एमी को ठीक लग रहा था। उसने केवल इसलिये यह कहा कि जरूर कुछ गलत होगा तभी बटन ने उसकी तारीफ में कुछ नहीं कहा।

बटन पाइप की राख झाड़ते हुये उठ खड़ा हुआ और साथ ही डिकी और एमी भी। हेनरी और उसका हैट वहीं छोड़कर पीछे-पीछे झील की ओर चल पड़े। कुछ दिनों बाद बटन भी बच्चों की इस चित्रकारी में भाग लेने लगा और कुछ सीखने की कोशिश करने लगा।

दिन पर दिन और सप्ताह बीतते चले गये परंतु कोई भी जहाज उधर आता दिखाई न पड़ा। वे सब इतने व्यस्त थे कि उन्हें जहाज के विषय में अधिक चिंता भी नहीं थी।

अब वर्षा ऋतु का प्रारंभ था। परंतु यहाँ की वर्षा ऋतु मैनचेस्टर की वर्षा के समान नहीं होती। यहाँ के सुहावने वातावरण में वर्षा की सुंदरता बढ़ जाती थी। कभी तेज वर्षा के बाद बादल छँट जाते और सुनहरी धूप चमकने लगती।

बटन ने वर्षा ऋतु में बाँसों की एक झोपड़ी बनाने की ठानी। उसने कहा कि झोंपड़ी अगली वर्षा ऋतु के पहले ही बन जानी चाहिए यदि उसके पहले ही यह द्वीप छेड़ना न पड़ा तो।

"खैर अभी तो मैं तुम लोगों को चित्र बनाकर उसकी बनावट के बारे में समझाता हूँ।" कहकर बटन ने रेत पर एक चित्र बनाया।

समझाने के बाद वह एक नारियल के तने से टेक लगाकर बैठ गया और पाइप जला लिया।

डिकी की जरा भी इच्छा नहीं थी कि वह झोपड़ी में रहे। उसे खुली जगह अच्छी लगती थी। परंतु उसकी इच्छा थी कि वह झोपड़ी बनी हुयी देखे और बनाने में कुछ मदद करे।

"क्या बाँधने पर बाँस खिसक न जाएँगे?"—डिकी ने पूछा—जब पैडी सब समझाकर चुपचाप बैठ गया।

"नहीं पहले बाँसों को एक दूसरे पर रखकर कील से ठोंक देंगे और फिर रस्सी से बाँधेंगे।"

"क्या तुम्हारे पास कीलें हैं ?"

"नहीं, एक भी नहीं।"

"तब फिर घर कैसे बनाओगे ?"

"मुझसे अब कुछ न पूछो। मुझे पाइप पीने दो।"

परंतु डिकी को बहलाना आसान काम न था। वह सुबह-शाम हर समय पूछता—"बटन, कब से झोपड़ी बनाना शुरू करोगे ? मैंने बिना कील ठोंके बाँस जोड़ने का तरीका सोच लिया है। उसने बटन का पीछा न छोड़ा जब तक कि उसने झोपड़ी बनाने का काम शुरू न कर दिया।

दो-तीन दिन में उन लोगों ने लकड़ी काफी लट्ठे इकट्ठे कर लिये और काम शुरू कर दिया। डिकी तो थकता ही न था। उसे आराम करने की भी जरूरत न होती। परंतु बटन को तो आराम भी चाहिए था और पाइप पीने के लिये समय भी। वह परियों की कहानियों से डिकी को बहलाने की कोशिश करता पर डिकी को केवल मकान बनाने की धुन लगी थी।

बटन पेड़ पर चढ़ने के लिये एक रस्सी ऊपर फेंकता और नीचे अपनी कमर में लपेट कर गाँठ लगा लेता। फिर उसी के सहारे ऊपर चढ़ जाता था।

उसके पास कीलें नहीं थीं, परंतु डिकी ने उसे जो तरीका बताया उससे काम बन गया। एक बाँस में उसकी आधी मोटाई के बराबर गड्ढा बनाकर दूसरा बाँस उसी में फिट कर देने से भी खिसकने का डर न था। बटन इस विचार से बहुत खुश हुआ, बोला—"तुम बड़े होशियार लड़के हो डिकी !"

"तब फिर आओ पैडी, हम लोग इसी तरह से लगा कर देखें।"

बटन ने कहा कि उसके पास रस्सी नहीं है। दो एक दिन इस बारे में सोचना पड़ेगा कि कैसे काम चलाया जाये ? वह कुछ आराम करना चाहता था। परंतु डिकी बोला—"नारियल के वृक्षों की छाल यदि पट्टियों के रूप में काट ली जाये तो रस्सी की जगह ले सकती है।" वह बिलकुल आराम करने के मूड में न था।

और लगभग पंद्रह दिन में झोपड़ी बनकर तैयार हो गयी।

कभी-कभी वे नाव में बैठकर मछली पकड़ने जाया करते। उन लोगों ने सोचा—यदि एक भाला हो तो वे उससे मछली मार सकते हैं। दूसरे दिन डिकी ने लगभग दस फुट लंबे डण्डे को एक ओर खूब नुकीला बनाकर भाले का रूप दिया परंतु फिर यह सोचा कि बिना काँटे से फँसाए तो मछलियाँ भाग जाएँगी। डिकी ने तुरंत ही एक मछली बनाने का काँटा बनाना शुरू कर दिया। अब मछली पकड़ने का पूरा सामान इकट्ठा हो गया।

एक दिन डिकी ने पूछा—"क्या यहाँ आलू नहीं है ?"

"हम लोगों ने तो कई महीने पहले खतम कर दिये थे।

"आलू कैसे पैदा होते हैं ?"

"क्यों ? जमीन में उगाये जाते हैं।" बटन बोला। उसने आलू बोने की पूरी तरकीब डिकी को समझाई। "पहले आलू के इस प्रकार टुकड़े करते हैं कि हर टुकड़े में एक-एक आँख रहे। उसके बाद जमीन खोदकर उसमें गाड़ देते हैं। जब कुछ दिनों बाद बढ़ना शुरू होते हैं तो हरी पत्तियाँ ऊपर निकल आती हैं। फिर जब आलू निकालने हों तो जमीन खोदनी पड़ती है। उसमें से आलू का पूरा परिवार निकलता है। कोई तो इतने बड़े होंगे जैसे तुम्हारे सिर और कोई बिलकुल छोटे होंगे।"

"फिर हम लोग ऐसा क्यों नहीं करते हैं ?" डिकी ने पूछा।

"क्या नहीं करते ?"

"कुछ आलू हम भी बोएँ।"

"परंतु हम लोगों के पास कुदाली कहाँ है ?"

"मैं कुदाली बनाऊँगा। एक बार पिताजी की मदद से मैंने बनायी थी।"

"मैं नहीं जानता। तुम्हारी मर्जी हो तो बनाओ और एमी के साथ मिलकर रेत खोदो जाकर।" वह खीझते हुए बोला मैं अब आराम करना चाहता हूँ।

एमी पास ही बैठी सुन रही थीं। वह बेलें बटकर रस्सी बना रही थी। वह पहले से लंबी हो गयी थी। उसका रंग भी कुछ दब गया था। आँखों में कुछ सूनापन था। अब सोते-सोते उठकर चलने की आदत भी छूट गयी थी। शायद यहाँ खुली हवा और समुद्र में नहाने से उसे फायदा हुआ था और वह आदत छूट गयी थी या रात में उठकर चलने से तंबू गिर जायेगा इस डर से।

डिकी भी बड़ा हो गया था। वह पहले से तंदुरुस्त हो गया था। यद्यपि वह सुंदर न था परंतु स्वस्थ, प्रसन्न मुख को देखकर वह श्रीसम्पन्न कहा जा सकता था।

बटन के सामने अब कपड़ों का प्रश्न था। यद्यपि वहाँ का मौसम ऐसा था, कि कम से कम कपड़ों में काम चल सकता था। परंतु फिर भी बच्चे बिना कपड़ों के तो नहीं रह सकते थे। बटन ने कुछ टुकड़े जोड़कर एमी की पोशाक तैयार करनी शुरू की। वह दृश्य देखने लायक होता जब बटन कपड़ा, कैंची, सुई धागा इत्यादि लेकर और एमीलाइन को सामने खड़ाकर सिलाई करना शुरू करता।

“जरा बाईं ओर घूम जाओ। हाँ इसी तरह रहना। अरे कैंची कहाँ चली गयी ? डिकी देखो धागे का यह सिरा पकड़ना, तब तक मैं इधर टाँके लगाना शुरू करता हूँ। देखो छोड़ना मत नहीं तो निकल जायेगा—ओह ! कैसे पकड़ते हो ? हाँ—ऐसे ठीक है।” ऐसे बड़बड़ाते हुये वह घण्टों सिलाई करने में व्यस्त रहता था।

# सौलह

एक दिन सुबह एमी और बटन झील के किनारे बैठे थे कि डिकी दौड़ता हुआ आया। वह पहाड़ी पर से आ रहा था।

"पैडी, देखो चलकर, शायद कोई जहाज इधर ही आ रहा है।"

बटन को पहाड़ी की चोटी तक पहुँचने में अधिक समय न लगा। जहाज इधर को ही आता दिखाई पड़ रहा था। उस पर एक बूढ़ी डच औरत की तस्वीर बनी हुयी थी। यह उनके व्यापार का चिह्न था।

बारिश का मौसम खतम हो रहा था। परंतु आकाश पर बादल छाये हुये थे। समुद्र का पानी हरा लग रहा था। दूर कहीं पर वर्षा भी हो रही थी। जहाज पास आता जा रहा था और अब साफ दिखाई दे रहा था। उस पर बहुत सा सामान लदा हुआ था। नावें भी थीं और कुछ लोग भी चलते-फिरते दिखाई दे रहे थे। जहाज पर साफ अक्षरों में ह्वेलर लिखा था। जहाज का चिह्न देखते ही बटन घबरा उठा। वह इससे परिचित था। क्योंकि दक्षिणी समुद्र पर वह काफी दिन रह चुका था। वह इन लोगों का स्वभाव भली-भाँति जानता था। ये ह्वेल मछलियाँ पकड़ते थे और उनका व्यापार करते थे। बटन इनको शैतानों से कम न समझता था।

उसने बच्चें को एक घनी झाड़ी में छिपा दिया और धीरे से उन लोगों से बोला—"देखो वह शैतानों का जहाज है। तुम लोग चुपचाप बैठे रहो, बोलना नहीं। यदि वे हम लोगों को देख लेंगे तो जीवित न छोड़ेंगे।" इतना कहकर बटन तेजी से अपनी झोपड़ी की ओर चल दिया। सब सामान एकत्र करके अपनी नाव में जल्दी-जल्दी रख दिया। झोपड़ी बिलकुल खाली कर दी वह उसे तोड़ भी देना चाहता था परंतु समय की कमी के कारण ऐसा न कर सका। फिर उसने नाव एक झाड़ी की आड़ में कर दी जिससे जहाज वाले उसे देख न सकें। वह खुद एक स्थान पर छिपकर उनकी राह देखने लगा।

जहाज बड़ी सुगमता से, बिलकुल किनारे पर आ लगा, मानों वे यहाँ के बारे में अच्छी तरह से जानते रहे हों। ह्वेल के शिकारी लगभग सभी स्थानों के विषय में जानकारी रखते हैं। जहाज उस झील पर ऐसा लग रहा था जैसे नीले दर्पण पर रक्खा हुआ हो। लंबे गर्वीले नारियल पेड़ों की परछाईं दिखाई दे रही थी। जहाज पर से नावों के उतारे जाने की राह देखे बिना ही बटन वहाँ से भाग खड़ा हुआ वह बच्चों के पास पहुँच कर ही उसने दम लिया। वह रात उन लोगों ने जंगल ही में बितायी।

सुबह जहाज के चले जाने के बाद तीनों जङ्गल से निकले। झोपड़ी टूटी-फूटी पड़ी थी। एक खाली बोतल और पुराने अखबार का एक टुकड़ा, वे निशानी के लिये छोड़ गये थे। बटन ने जहाज के कप्तान और उसके साथियों को खूब कोसा। अब वह रोज ही पहाड़ी पर चढ़कर देखता कि कोई ह्वेलर तो नहीं आ रहा है।

बटन वहाँ बहुत ही निश्चिंत था और कोई तकलीफ नहीं चाहता था। वर्षों तक जहाजों में नौकरी करने के पश्चात् अब इस निर्जन द्वीप में आजादी से रहकर बहुत खुश था। यदि उसे यहाँ पर बना-बनाया एक मकान रहने के लिये मिल जाता तो उसे कोई चिंता ही न रहती।

उन लोगों के आने से सबसे बुरी घटना जो हुयी, वह थी एमी के बहुमूल्य डिब्बे का खोना। बहुत खोजने पर भी वह कहीं न मिला। शायद बटन ने जल्दी में सामान हटाते समय डिब्बा वहीं छोड़ दिया था। जहाज से आने वाले किसी यात्री ने उसे उठा लिया होगा। इस तरह वह डिब्बा उनके हाथ से निकल गया। एमी उसके लिये काफी दिनों तक दुखी रही।

एमी को रंग-बिरंगी वस्तुएँ बहुत पसंद थीं। खासकर, रंग-बिरंगे फूल। वह बहुत सुंदर मालाएँ बनाती थी, कभी अपने लिये कभी डिकी व बटन के लिये।

एक दिन एमी बटन के पास बैठी माला बना रही थी कि डिकी वहाँ दौड़ता हुआ आया। वह जंगल से आ रहा था और लगता था कुछ खोज रहा है।

तभी उसने झपटकर एक बड़ा सा नारियल के छिलके का टुकड़ा उठा लिया और जंगल को वापस चला गया। ''मुझे एक चीज मिली है पैडी,'' कहता हुआ वह पेड़ों के पीछे गायब हो गया।

''क्या मिला है तुम्हें,'' एमी ने उत्सुकता से पूछा, जिसे हमेशा ही नयी चीजों में बड़ी रुचि थी।

''बड़ी अजीब सी चीज है,'' पेड़ों के बीच से आवाज आयी।

जल्दी ही डिकी वापस आया, परंतु अब वह दौड़ नहीं रहा था। धीरे-धीरे

सावधानी से चल रहा था और हाथ में वही नारियल का टुकड़ा था शायद उसमें कोई तरल वस्तु थी।

“पैडी मैंने पुराना पीपा उलटकर देखा, उसमें एक कार्क लगी हुयी थी। कार्क खोलने पर एक अजीब सी गंध आयी। उसमें कोई चीज है। देखो मैं थोड़ी सी तुम्हारे लिये ले आया हूँ।”

पैडी ने पहले उसे सूँघकर चखा और जोर से चिल्ला उठा, “अरे यह तो शराब है।”

“क्या है पैडी ?” एमी ने पूछा।

“तुम्हें यह कहाँ से मिली डिकी ? उसी पुराने पीपे में ?” बटन ने पूछा।

“हाँ जैसे ही मैंने उसकी कार्क निकाली–”

“और इतने दिनों से मुझे पीने को नहीं मिली। मेरा तो जी ऊब गया था, यहाँ इतनी भरी पड़ी है और–” कहते हुये वह सारी पी गया। देखकर एमी हँसने लगी।

फिर बटन उठकर उस ओर दौड़ा। डिकी और एमी भी उसके पीछे-पीछे दौड़ पड़े। डिकी ने आगे बढ़कर वह पीपा फिर उलट दिया बटन ने एक बार हिलाकर उसमें कान लगाकर सुना और खुशी से उछल पड़ा “अरे यह तो पूरा भरा हुआ है। यह यहाँ कैसे छूट गया कौन यहाँ भूल गया।” यह तो केवल वे काई जमी हुयी खोपड़ियाँ ही बतला सकती थीं यदि वह कुछ बोल सकतीं, जिन्हें एकबार डिकी ढूँढ़कर लाया था और बटन ने उसे दूर फेंक दिया था।

“अच्छा अब इसे किनारे पर ले चलो!” पैडी थोड़ी सी शराब और चखते हुये बोला।

उसने डिकी को भी चखने के लिये दिया परंतु उसने मुँह बनाकर थूक दिया। वे दोनों उसे उठाकर किनारे की ओर ले चले और एमी भी उनके पीछे-पीछे चल दी।

# सत्रह

उस रात उन लोगों ने खाना देर से खाया। पैडी को मछलियाँ पकाना आता था। उसने उन्हें पत्तों में लपेट कर एक गढ़े में रख दिया जिसमें आग जल रही थी। मछलियाँ पक जाने पर उन लोगों ने भोजन करना शुरू किया। उस दिन बटन बड़ा खुश था। देर तक स्वाद ले लेकर वे मछली और नारियल खाते रहे।

शराब पहले ही काफी अच्छी रही होगी और इतने दिन जमीन में गड़ी रहने के कारण और भी तेज हो गयी थी। बच्चों को भी लग रहा था कि आज बटन खुश है। रोज की तरह आज खाना खाने के बाद बटन ने उन लोगों से चुप रहने के लिये नहीं कहा और न खुद ही सोने की कोशिश की। आज वह उन लोगों को समुद्री कहानियाँ सुनाता रहा और तरह-तरह के गाने गाता रहा।

ऊपर वृक्षों पर पक्षी भी मानों आश्चर्यचकित से उसको देख रहे थे कि आज वह इतना खुश कैसे है ? उस शांत वातावरण में उसकी आवाज गूँज रही थी। ठण्डी हवा भी मानों यह प्रयत्न कर रही थी कि उसके गाने की आवाज झील के पार दूर-दूर तक पहुँचा दे। जहाँ समुद्री चिड़ियों की चीखें सुनाई देती थीं, जहाँ लहरें गरजती हुयी आकर चट्टानों से टकराती थीं।

जब दोनों बच्चे सो गये वह नारियल का एक बड़ा सा टुकड़ा लेकर बैठ गया और पीने में व्यस्त हो गया। रात में वह बड़ी देर तक गाने गाता रहा। एमी ने रात में जागकर देखा वह पागलों की तरह गाता जा रहा था।

सुबह सोकर उठने पर भी वह बड़ा खुश था, परंतु उठकर कुछ काम करने की इच्छा न हो रही थी। आज खाना भी डिकी को बनाना पड़ा। वह लेटे हुए उसको बताता जा रहा था। अपना कोट मोड़कर उसने तकिया बना लिया था और आराम से पड़ा हुआ पाइप पी रहा था। आज उसे अपने बीते हुये दिनों की याद आ रही थी।

दूसरा दिन भी उसने गाने में ही बिताया। इसी तरह वह पूरा सप्ताह निकल गया। इसके बाद धीरे-धीरे उसकी नींद भी कम होने लगी और भूख भी।

और एक दिन उन लोगों ने बटन को बड़ी अजीब सी हालत में पाया। उसको सुबह से ही तरह-तरह की चीजें दिखाई दे रही थीं।

"पैडी क्या बात है ?" डिकी बोला।

बटन अपना दाहिना हाथ इस तरह से उठाए बैठा था मानों कोई मक्खी पकड़ने जा रहा था। एकाएक उसने झपट्टा मार कर बालू से कुछ उठा लिया।

"क्या है, पैडी ?"

"परी है। देखो!" कहकर उसने मुट्ठी खोल दी। उसमें रेत के सिवा कुछ भी न था। उसको सुबह से इसी प्रकार का भ्रम हो रहा था।

बच्चे हँसने लगे। बटन भी बेवकूफों की तरह जोर से हँसने लगा।

"मैं तो खेल रहा था, यहाँ कोई परी थोड़े ही है। जब मैं शराब पीता हूँ तो ऐसा ही हो जाता है और मैं इसी तरह के खेल खेलता हूँ। अरे वह देखो रेत में से लाल-लाल चूहे निकल रहे हैं।" बटन एक तरफ को इशारा करता हुआ बोला।

वह घुटनों के बल जमीन पर बच्चों की भाँति उधर ही चुपके-चुपके चल पड़ा। तभी सब चूहे गायब हो गये। वह निराश होकर वहीं बैठ गया। बच्चे हँसने लगे और उसके चारों ओर उछल-उछल कर तालियाँ बजाने लगे।

"पैडी उधर देखो चूहे हैं।" डिकी चिल्लाया।

"वह मेरे ही सामने हैं। अरे देखो फिर भागे। फिर गायब हो गये।" बटन बच्चों की तरह बोला।

"पैडी रुको मत, चलते जाओ—देखो उधर और चूहे निकल रहे हैं।"

"ओह चुप रहो। अब वे मेरा पीछा कर रहे हैं।" बटन बोला।

तभी बटन को झील में से एक घोड़ा निकलता हुआ दिखाई दिया। इस बार बटन उठकर भागा। वह चिल्लाया—"अरे घोड़ा मेरा पीछा कर रहा है—डिकी उसको मारो-डिकी-डिकी उसको भगाओ जल्दी से।"

डिकी ताली बजाता हुआ उसके पीछे-पीछे दौड़ा।

"ओह मुझसे दूर रहो, बदमाश!" पैडी चिल्लाया—"हे भगवान् बचाओ, मेरे पास मत आओ नहीं तो मैं तुम्हें मारूँगा। भाग जाओ—एमी—एमी तुम हम लोगों के बीच में आ जाओ।"

"अब मैं ठीक हूँ" कहते हुये बटन रेत पर बैठ गया। हाँफते हुये बोला—"यदि

अब और लोग मेरा पीछा करेंगे तो मैं समुद्र में कूद पडूँगा। डिकी जरा सहारा दो।"

डिकी ने अपना हाथ बढ़ा दिया। बटन सहारा लेकर उठ खड़ा हुआ और पास ही एक पेड़ की छाँव में जाकर लेट गया। बच्चों से कहा कि अब वे उसे चुपचाप सोने दें। बच्चों ने भी समझ लिया कि अब खेल खत्म हो गया है।

लगभग छः घण्टे वह गहरी नींद में सोता रहा। कई दिनों के बाद वह इतनी देर सोया था। जब जगा तो पहले से स्वस्थ था।

# अठारह

दूसरे दिन भी वह सोता रहा। तीसरे दिन सुबह उठने पर वह स्वस्थ था। अब उसे चूहे, घोड़े इत्यादि नहीं दिखाई दे रहे थे।

"मैं तो दो-तीन दिन से पागल हो रहा था।" बटन बोला, फिर कुछ देर वह शराब बेचने वालों और शराब को बुरा-भला कहता रहा। अंत में उसने तय किया कि अब वह शराब नहीं पियेगा। पहले तो उसने सोचा कि वह पीपे की सब शराब झील में फेंक दे, परंतु यह विचार केवल एक क्षण के लिये ही आया। शराब को वह चाहे जितनी ही बुरी क्यों न कह ले पर उसे फेंक देना उसके लिये संभव न था। वह नाव पर रखकर पीपे को दूर एक मूँगे की चट्टान पर रख आया। इस बात को अब छः महीने हो गये थे परंतु उसने शराब की ओर देखा भी न था। इस बीच ह्वेल पकड़ने वाला एक और जहाज आया परंतु किसी दूसरी तरह का कोई जहाज उधर को आता कभी न दिखाई दिया। बटन ने एक दिन परेशान होकर कहा—"जान पड़ता है कि यह द्वीप ये जहाज पैदा करता है। एक के बाद एक आते जाते हैं। जैसे चारपाई में खटमल होते हैं, एक को मारो दूसरा निकल आता है।"

वह झील के किनारे खड़ा था कि उसे वही पीपा एक छोटे काले बिंदु के समान दिखाई दिया, परंतु वह सीटी बजाता हुआ तुरंत ही वहाँ से हट गया। उसने खाना बनाना शुरू किया। अब वह काला चिह्न अक्सर उसे परेशान करने लगा था। वही दिन जो इतनी तेजी से बीत रहे थे अब उसे और उदास लगते थे। बच्चों के लिये अब भी कुछ अंतर न पड़ा था। दिन भर खेलते-खाते बीत जाता था।

वह काला चिह्न जो अब तक केवल फुसफुसाकर धीरे-धीरे बटन को बुलाने की कोशिश करता था, अब मानों चिल्लाकर पुकारने लगा। बटन अब अपने को

रोक नहीं रहा था। फिर भी वह व्यस्त रहने का प्रयत्न करता था। कभी-कभी एमी के साथ बैठकर माला बनाता, कभी डिकी के बाल काटता और कभी बैठकर कहानियाँ सुनाता।

एक रात वह शराब की पुकार भुलाने की कोशिश करने के लिये डिकी को कहानियाँ सुना रहा था, वह बोला—''एक बार जेक ने अपने दोस्त मेरो को अपने यहाँ भोजन करने के लिये बुलाया। खाना खाने के बाद मेरो ने बढ़िया शराब की एक बोतल खुलवाई''—कहते-कहते उसे लगा कि वह अब अपने को नहीं रोक सकता। वह उठ खड़ा हुआ। बच्चे सो गये थे। उसने एक बड़ा-सा नारियल का छिलका उठाया और झील की ओर चल दिया। नाव पर कुछ कच्चे नारियल भी रख लिये थे। जल्दी में नाव खोलकर वह उसी काले चिह्न की ओर चल पड़ा।

आकाश तारों से भरा हुआ था और झील का साफ पानी उनकी परछाईं से। लहरें मानों गरज-गरजकर उनकी प्रशंसा में गीत गा रही थीं।

चट्टान के पास पहुँचकर उसने नाव रोक दी और धीरे से उतर पड़ा। शराब में नारियल का पानी मिला-मिलाकर वह पीता ही जा रहा था। चाँदी के समान सफेद चमकती हुयी रातों में तो वह कई बार इन चट्टानों पर बैठकर, इन दृश्यों की प्रशंसा कर चुका था। यही लहरें तब संगमर्मर के समान चमकती थीं। उनकी गरज भी बढ़ते हुये ज्वार के समान तेज होती जाती थी, परंतु आज तारों की हल्की रोशनी में नजारा कुछ अलग ही था। ज्वार आज अपनी तेजी नहीं दिखा पा रहा था। बटन बैठा हुआ कभी शराब पीता और कभी पाइप से धुआँ उड़ाने लगता। उसके गाने की आवाज भी लहरों को छूती हुयी झील के पार पहुँचने का प्रयत्न कर रही थी।

एकाएक वह उठ खड़ा हुआ और नाव खोलकर उस पर बैठ गया। जल्दी ही वह किनारे पर जा पहुँचा। पेड़ से नाव बाँधकर जूते उतारे और हाथ में ले लिये जिससे बच्चों की नींद न खुल जाये। वह धीरे-धीरे पंजों के बल चल रहा था। उसे यह ध्यान नही आया कि नर्म रेत में उसके जूतों की आवाज बच्चों तक नहीं पहुँच सकती।

उसने आज बहुत शराब पी ली थी। झोपड़ी की ओर जाते-जाते अचानक उसे लगा कि वह नाव चट्टान से ही बँधी छोड़ आया है। असल में वह उसे द्वीप के एक पेड़ से बाँध आया था। वह तुरंत ही वापस जाकर झील में कूद पड़ा और चट्टानों की ओर चल दिया। चमकती हुयी झील में उसका सिर पानी के

ऊपर साफ-साफ दिखाई दे रहा था। किनारे पहुँचते-पहुँचते वह बहुत थक गया था क्योंकि झील काफी चौड़ी थी। वह अब तक यह भी भूल चुका था कि वह किस चीज को खोजने यहाँ तक आया है। वह वहीं शराब के पीपे के पास गिर गया और इतनी गहरी नींद में सो गया कि उसको जगाना अब किसी के लिये भी मुश्किल था।

# उन्नीस

"बड़े अजीब सी बात है कि पैडी कहाँ चला गया?" डिकी दूसरे दिन उसको ढूँढ़ते हुये बोला। वह जङ्गल से ही आ रहा था। उसके हाथ में एक लंबी सूखी हुयी डाल थी।

"वह अपना कोट, दियासलाई, पाइप इत्यादि तो झील के किनारे ही छोड़ गया है। उसकी राह देखने से कोई फायदा नहीं है। मुझे बड़े जोर से भूख लगी है।" डिकी ने डाल को कई टुकड़ों में तोड़ लिया और आग जलाने का इंतजाम करने लगा।

एमी वहीं रेत पर बैठी उसे देख रही थी। एक पैडी और दूसरा डिकी। पैडी जो हमेशा पाइप और धुएँ में लिपटा रहता था। जो जहाज चलाने में, मस्तूल पाल इत्यादि ठीक करने में और खाना बनाने में प्रवीण था। वही पैडी जो उसे इस सुंदर स्थान में लाया था, जहाँ रंग-बिरंगे पक्षी थे, जहाँ सुंदर मछलियाँ थीं, नीली शांत झील का किनारा था, जहाँ जीवन में कभी भी उदासी नहीं रहती थी और दुख की छाया भी उनके पास नहीं आ पाती थी।

डिकी दूसरा ईश्वर था जिसे वह बटन से अधिक सम्मान देती थी। वह अधिक समझदार था। दो वर्षों में वह लगभग तीन इंच लंबा हो गया था। वह इतना तंदुरुस्त हो गया था मानों बारह-तेरह साल का हो। अब वह नाव भी चला लेता था। आग भी जला सकता था। इधर कुछ महीनों से डिकी को ही सब काम करने पड़ते थे। बटन केवल उसे बताता रहता था। अब उसे अधिक समय आराम के लिये चाहिए था।

"एमी जरा मुझे दियासलाई दो, आग जलाऊँगा।" आग जलाकर, उसने उसमें भूनने के लिये कुछ फल डाल दिये। जल्दी ही दो फल भून कर चिटक गये और अंदर का सफेद गूदा दिखाई देने लगा। उन्हें आग से निकालकर उसने छिलका हटाना शुरू कर दिया।

इसी बीच एमी ने एक मछली लाकर भूनने का इंतजाम कर लिया था। यह मछली सुनहरे रङ्ग की होती है। जितनी देखने में सुंदर खाने में भी उतनी ही अच्छी होती है। उसने उसके टुकड़े काट-काटकर एक डण्डे पर रख लिये थे। इस मछली के रस के कारण यह डण्डा जलने से बचा रहता है। उसने उसे आग पर रख दिया। वह अपने काम को बड़ी सावधानी से कर रही थी।

"ओह बड़ी गर्मी है," एमी ने पीछे हटते हुये कहा।

"हाँ, गरमी तो लगेगी ही यदि तुम उलटी तरफ बैठोगी। पैडी ने कितनी बार बताया कि जिस ओर हवा आ रही हो उसी ओर बैठो।"

"मुझे पता नहीं चलता कि किस ओर बैठना चाहिए।" एमी ने उदास होते हुये कहा। उसने हार स्वीकार कर ली थी। न तो वह मछलियाँ पकड़ पाती थी, न पत्थर फेंक सकती थी और अट्ठाईस महीने इस झील के पास रहकर भी उसने तैरना नहीं सीखा था।

"डिकी पैडी ने मुझे कई बार बताया पर मैं तब समझ नहीं सकी थी। अब पता चल गया है। परंतु पैडी पता नहीं कहाँ चला गया है।"

"पैडी!" डिकी चिल्लाया, उस सुनसान द्वीप में गूँजती हुयी उसी की आवाज वापस आयी, किसी का उत्तर न सुनाई दिया।

"आओ एमी, अब मैं इंतजार नहीं कर सकता। वह रात में कहीं घूम से गया होगा और वहीं सो गया होगा।"

यद्यपि एमी उसको इतनी आदर से देखती थी परंतु डिकी को बटन की कोई चिंता न थी। वह केवल इस कारण उसकी प्रशंसा करता था कि वह पेड़ों पर चढ़ सकता था और नाव अच्छी चला लेता था। वह फिर से झोपड़ी बनाना चाहता था पर बटन बराबर टाल देता था। डिकी को उसकी यह सुस्ती पसंद नहीं थी। उसे बटन की रोक-टोक अच्छी न लगती थी, वहाँ मत आओ—वहाँ मत जाओ—इससे उसका बहुत जी ऊबता था।

नाश्ता कर चुकने पर डिकी फिर चिल्लाया था, पैडी तुम कहाँ हो, परंतु कोई जवाब न मिला। रंग-बिरंगी चिड़ियाँ गाती हुईं उनके ऊपर से निकल गयीं। हवा भी पेड़ों से बातें करती हुयी निकल गयी, लहरों की गरज भी सुनाई दी। केवल बटन का कोई जवाब आता सुनाई न दिया।

"अच्छा रुको, मैं अभी आता हूँ।" कहकर वह दौड़ता हुआ एक ओर को चला गया। फिर जल्दी ही वापस आकर बोला—"नाव तो अपने स्थान पर ही है। पता नहीं बटन कहाँ चला गया है ?"

“मुझे नहीं मालूम!” उदास होकर एमी बोली जिसे बटन के बिना बहुत सूना-सूना लग रहा था।

“चलो हम लोग पहाड़ी पर चल कर देखें। शायद उसे हम वहाँ से देख सकें।”

वह दोनों जंगल के बीच से होते हुये पहाड़ी की चोटी पर जा पहुँचे। डिकी ने कई बार पैडी को पुकारा, चारों ओर काफी देर तक ढूंढ़ता रहा परंतु न तो उसका कोई जवाब ही मिला और न खुद ही वह कहीं दिखाई दिया। हारके वे पहाड़ी से नीचे उतरने लगे।

सुबह की ठण्डी हवा धीरे-धीरे बह रही थी। हल्की धूप से विशाल सागर चमक रहा था। मूँगे की चट्टानें चमकती हुयी दूर से ही दिखाई दे रही थीं। पेड़ों की डालें हवा में झूम-झूमकर द्वीप को किसी दूर देश का संदेश सुना रही थीं। इतने छोटे द्वीप में मानों प्रकृति की सारी सुंदरता यहीं बस गयी थी। द्वीप ऐसा लग रहा था मानों किसी चित्रकार ने नीली पृष्ठभूमि में रङ्ग-विरङ्गी फूल पत्तियों का एक गुलदस्ता सजा दिया हो। शायद छोटा होने के कारण द्वीप की सारी सुंदरता सिमट कर इकट्ठा हो गयी थी और तभी वह इतना सुंदर लग रहा था।

एकाएक डिकी रुक गया। उँगली से एक ओर इशारा करते हुये डिकी खुशी से चिल्ला उठा, “देखो पैडी वहाँ पर है!”

# बीस

"वह देखो उस चट्टान पर कैसे आराम से लेटा हुआ है। शायद अभी तक सो रहा है।" डिकी बोला।

"डिकी!"

"क्या है ?"

"वह वहाँ कैसे पहुँचा जब कि तुम कह रहे हो कि नाव अपनी जगह पर बँधी है।"

"मुझे नहीं मालूम!" डिकी बोला। उसने अभी इसके बारे में नहीं सोचा था। "परंतु वह है वहीं पर। एमी चलो हम लोग वहाँ चलें और उसके कान में जोर से कू बोल कर उसे डरा दें। वह जाग पड़ेगा।" जंगल से होकर वह एमी के साथ झील की ओर चल दिया। राह में एमी ने फूल तोड़ना शुरू कर दिया। रङ्ग-बिरंगे फूल तोड़कर वह माला बनाने लगी।

"यह किसके लिये बना रही हो ?"

"बटन को पहनाऊँगी, जब वह डर कर उछलेगा तो यह हार भी उछलेगा और वह देखकर खुश होगा। डिकी भी उसके इस विचार से खुश हुआ।

हार बनाकर वे दोनों नाव के पास आये। वह वृक्ष के नीचे इतनी सुरक्षित थी कि अभी वर्षों उससे काम लिया जा सकता था।

"बैठो, एमी!" डिकी ने नाव को किनारे की ओर खींचते हुये कहा।

फिर डिकी ने भी बैठकर चप्पू उठा लिये और वे उस चट्टान की ओर चल पड़े। डिकी बड़ी सावधानी से नाव चला रहा था, जिससे कि उसकी आवाज सुनकर बटन जाग न पड़े। चट्टान के पास पहुँचकर नाव से कूदकर वह खड़ा हो गया और नाव को बिल्कुल उसके पास ले आया ताकि एमी आराम से उतर सके। एमी हाथ में माला लिये हुये, डिकी का सहारा लेती हुयी सावधानी से उतर पड़ी।

लहरों का बहाव यहाँ बहुत तेज था। इतनी जोर की गरज सुनाई दे रही थी कि उन्हें अपने कान बंद करने पड़ते थे। हवा के साथ पानी की फुहारें भी उन पर पड़ रही थीं।

पैडी दाहिनी करवट लेटा हुआ था। उसका मुँह दाहिने हाथ से छिपा हुआ था। बाया हाथ जाँघ पर था। बाल हवा में उड़ रहे थे। टोपी गायब थी। एमी ने खिलखिलाकर हँसते हुये उसके गले में माला डाल दी। डिकी जोर से उसके कान में चिल्लाया परंतु पैडी पर कुछ असर न पड़ा। वह तो अब तक दूसरी दुनिया में पहुँच चुका था।

''पैडी, उठो'', डिकी चिल्लाया और उसका हाथ पकड़कर अपनी ओर खींचा। बटन का शव अब पीठ के बल हो गया था। आँख फैली हुयी थीं, मुँह खुला हुआ एक ओर को टेढ़ा हो गया था।

एमी चीख मारकर गिरने को हुयी कि डिकी ने उसे पकड़ लिया—बटन के चेहरे का दाहिना हिस्सा केकड़े खा गये थे। कुछ देर तक वह लगातार उसके इस भयानक रूप को देखता रहा फिर एमी को घसीटते हुये नाव की ओर चल पड़ा। वह जल्दी से जल्दी उससे दूर पहुँच जाना चाहता था। नाव पास खींचकर उसने एमी को उस पर बैठा दिया और तेजी से नाव द्वीप की ओर ले चला।

उसे समझ में न आया कि यह क्या हो गया और न वह कुछ सोचने-समझने के लिये वहाँ रुका। वह डर से काँप रहा था। एमी शून्य में एकटक कुछ देख रही थी। वह चुपचाप बैठी थी, शायद उसकी आँखों के आगे वही भयानक दृश्य था। जब नाव आकर उस रेतीले किनारे पर टकराई और रुक गयी तब डिकी को होश आया। एमी अब तक बेहोश थी।

# इक्कीस

उसने सब सामान इकट्ठा करके नाव पर रखना शुरू किया। सब जरूरत की चीजें इकट्ठा हो जाने पर एक बड़ा बर्तन पानी से भरकर उसने नाव पर रख दिया। खाने का जितना सामान था वह भी उसने रख लिया। कुछ फल भी लाकर रख लिये।

फिर वह झोपड़ी की ओर चल दिया। एमी अब भी उतनी ही गहरी नींद में सो रही थी। डिकी ने उसे उठा लिया, तब भी वह जगी नहीं। उसने एमी को लाकर धीरे से नाव पर लिटा दिया और एक कपड़ा मोड़कर उसके सिर के नीचे तकिया लगा दिया। फिर उसने नाव खोल दी और बाँयी ओर को मोड़ दी। अब भी वह नाव को किनारे-किनारे ही चला रहा था।

उसकी हिम्मत न हो रही थी कि वह उस चट्टान की ओर आँख उठा कर देखे। चट्टान पर चिड़ियों के झुण्ड के झुण्ड दिखाई दे रहे थे। उनकी भयावनी चीखें उसे यहाँ भी सुनाई दे रही थीं। उसने तब तक अपना सिर उधर न घुमाया जब तक वह किनारे के मोड़ पर न पहुँच गया। अब वह चट्टान दिखाई देना बंद हो गई थी।

जितना ही वे आगे बढ़ रहे थे वृक्षों की संख्या बढ़ती जा रही थी। जंगल और घना होता जा रहा था व झील का पानी उतना ही साफ। वृक्षों की छाया साफ दिखाई दे रही थी। रंग-बिरंगे फूल भी अधिक दिखाई देने लगे थे। देखने में यहाँ का दृश्य, उस ओर से ज्यादा सुंदर था परंतु इधर रहने के लिये कोई स्थान न दिख रहा था। वृक्ष बहुत पास-पास लगे हुये थे।

इधर किनारे पर नारियल के पेड़ और अधिक पानी की ओर झुके हुये थे। वहाँ झील की गहराई भी अधिक थी।

डिकी नाव को धूप से बचाने के लिये किनारे-किनारे पेड़ों की छाया में

ही ले जा रहा था। वह ऐसी जगह ढूँढ़ रहा था जहाँ वे अपने रहने के लिये घर बना सकें और उस भयावनी चट्टान से भी दूर रहें।

अंत में उसे ऐसी जगह मिल ही गई। यह द्वीप का एक बाहर को निकला हुआ हिस्सा था। यहाँ पानी की गहराई बहुत कम थी यद्यपि यहाँ भी समुद्र और जगहों की तरह साफ था। वृक्ष भी यहाँ दूर-दूर पर थे। यहाँ कुछ लंबे नारियल और कुछ दूसरे फलों के वृक्ष थे। यहाँ झील का रंग हल्का था—गहराई कम होने के कारण। मूँगे की चट्टानें भी यहाँ से लगभग आधे मील की दूरी पर थीं।

डिकी ने यहाँ पहुँचकर चप्पू रख दिया। वह चारों ओर का नजारा देखने लगा। वह लगभग साढ़े चार मील आगे आ गया था और द्वीप के दूसरी ओर पहुँच गया था। जैसे ही नाव किनारे पर पहुँची, एमी की नींद खुल गयी। वह उठकर बैठ गयी और आश्चर्य से चारों ओर देखने लगी।

# बाईस

डिकी ने कुछ ही दिनों की मेहनत से एक घने पेड़ की छाया में छोटा-सा घर बना लिया। यद्यपि घर छोटा था पर उसमें दो लोगों के रहने को काफी जगह थी। वह बाँस का बना हुआ था और ताड़ की बड़ी-बड़ी पत्तियों द्वारा छत और दीवारें बनी हुयी थीं। यह घर इतनी सफाई से बना हुआ था मानों किसी कुशल कारीगर ने बनाया हो।

पास में छायादार वृक्ष थे। वे हरे-भरे तो खूब थे परंतु उनमें फल बिलकुल नहीं थे।

घर के सामने थोड़ी खुली हुयी जगह थी। वृक्ष दूर-दूर पर लगे हुये थे। झोपड़ी का दरवाजा झील की ओर को था परंतु उसमें बंद करने को पल्ले नहीं लगे हुये थे।

झोपड़ी के दाहिने ओर दूर तक जङ्गली झाड़ियाँ और रंग-बिरंगे फूल और जङ्गली बेरों की झाड़ियाँ भी थीं।

परंतु वे लोग अधिकतर झोपड़ी के बाहर ही रहते थे। झोंपड़ी को केवल रात में सोने के ही काम में लाते थे।

दरवाजे के पास ही घास पर एमी अकेली बैठी न जाने क्या सोचा करती। अब वह पहले से अधिक स्वस्थ और सुंदर दिखती थी। उसके शरीर पर केवल कमर से लेकर घुटनों तक कपड़ा लपेटा हुआ था। घने काले बाल, उसकी कमर तक पहुँच रहे थे; जिन्हें उसने गर्दन के पास कसकर बाँध लिया था। बालों में लाल रंग के फूल चमक रहे थे। एमी की चमकदार गहरे नीले रंग की आँखें बहुत सुंदर लग रही थीं।

वह घास पर लेट गयी। उसके पास ही गहरे नीले रंग की एक सुंदर चिड़िया चूँ-चूँ करके उससे बातें कर रही थी। वही उस सूने जंगल में उसकी दिन भर

की साथिन थी। नारियल के प्याले में कुछ सफेद चीज रखकर वह चिड़िया को खिला रही थी। दो साल पहले यह चिड़िया जंगल में बेहोश पड़ी फड़फड़ा रही थी। डिकी उसे उठा लाया था और एमी ने उसे पाल लिया था। अब वह उनके परिवार की सदस्या बन गयी थी। दिन भर वह एमी के पास रहती और रात में झोपड़ी की छत पर।

एमी ने एकाएक अपना हाथ फैला दिया और चिड़िया उड़कर उस पर आ बैठी। एमी प्यार से उससे बातें करने लगी और चिड़िया भी अपनी भाषा में उसका उत्तर देने लगी। वे दोनों इसी तरह से अपना समय बिताते थे।

"कोको, डिकी कहाँ है ?" एमी ने चिड़िया से पूछा।

चिड़िया ने चारों ओर गर्दन घुमाकर इस तरह देखा मानों वह डिकी को ढूँढ़ रही हो, और एमी उसकी हरकत देखकर खिल-खिलाती हुयी हरी घास पर लेट गयी। वह अब बहुत सुंदर लगने लगी थी। कोई यह सोच भी नही सकता था कि यह सुंदर युवती कभी छोटी सी एमीलाइन ही थी, जो सदा ही शांत रहती थी।

# तेईस

चट्टान की भयानक घटना को घटे लगभग पाँच वर्ष बीत गये थे। एमी और डिकी इन पाँच वर्षों में एक बार भी उस ओर नहीं गये। वे अब द्वीप के पिछले भाग में ही रहने लगे थे और वहाँ से चट्टान बहुत दूर थी। यह भाग यद्यपि अधिक सुंदर था, फिर भी वे दूसरी दुनिया में थे। पिछली दुनिया अब उनसे और भी दूर हो गयी थी। उस भाग में तो कभी कोई जहाज दिखाई भी दे जाता था परंतु इन पाँच वर्षों में उन्हें उधर कोई जहाज दूर से भी न दिखाई दिया। कभी-कभी डिकी पुरानी जगह पर जाने को कहता भी था तो एमी उसके साथ जाने से इंकार कर देती थी। डिकी को तो उधर जाना ही पड़ता था क्योंकि द्वीप भर में केवल एक ही जगह पर केले लगे हुये थे, वहीं जहाँ उन्हें शराब का पीपा मिला था। पहले उसे भी उधर जाते डर लगता था पर अब वह अक्सर वहाँ चला जाता था।

इन पाँच वर्षों में डिकी ने तीन झोपड़ियाँ बना डाली थीं। उसने एक छोटी सी जगह में आलू भी बो दिये थे। अब तक वह पूरे द्वीप के हर स्थान से परिचित हो गया था। केवल जंगल के कुछ भागों को छोड़कर। वह वहाँ के जीव जंतुओं के बारे में भी जान गया था, यद्यपि उनके नाम नहीं जानता था। चिड़िया छिपकली, तितली इत्यादि जीव ही अधिकतर वहाँ दिखाई देते थे और डिकी उनकी आदतों को ध्यान से देखा करता था।

जङ्गल के वृक्षों के बारे में भी उसने काफी जानकारी प्राप्त कर ली थी। संतरे, अमरूद, बेर, सेब, केले इत्यादि के वृक्षों की खोज वह कर चुका था। केले केवल एक ही स्थान पर लगे हुये थे।

यद्यपि एमी ने कोको से डिकी के बारे में पूछा था, परंतु वह जानती थी

कि वह कहाँ है। पास के जंगल से लकड़ी तोड़ने की आवाजें सुनाई दे रही थीं। थोड़ी देर में कंधे पर लकड़ियाँ लादे डिकी आता दिखाई दिया। वह पसीने से तर हो रहा था। शरीर पर केवल एक पुराना पायजामा था जो कि उन्हें 'शेनान्दोआ' में मिला था। अब वह सत्रह वर्षीय, स्वस्थ, लंबा और सुंदर युवक था। भूरे-सुनहरे बाल माथे पर बिखरे हुये थे। उसमें कुछ सभ्यता के लक्षण थे और कुछ असभ्यता के। वह लकड़ियां फेंक एमीलाइन के पास ही बैठ गया। एक पुराना बड़ा-सा चाकू लेकर वह एक लकड़ी छील कर बराबर करने लगा।

''क्या बना रहे हो ?'' एमी ने हाथ पर बैठी हुयी चिड़िया उड़ाते हुये पूछा।

''मछली मारने का भाला !'' डिकी ने उत्तर दिया।

अब वह बहुत कम बोलता था। बेकार की बातें करना उसने छोड़ दिया था। छोटे-छोटे वाक्यों में एमी को जवाब दे देता था।

एमी तो हमेशा ही शांत स्वभाव की रही थी। वह भी अधिक बातें केवल प्रतिदिन काम आने वाली वस्तुओं के बारे में ही करती थी पर उसका मन दूर-दूर की सोचा करता था। सपनों में वह दूर तक घूम लेती। वहाँ उसे क्या मिलता था, यह शायद उसके सिवा और कोई न जानता था।

डिकी कभी-कभी अपने आप से ही बातें करने लगता था। उस समय ध्यान से सुनने पर यह समझना कठिन था कि जो काम वह कर रहा है उसी के संबंध में बातें भी करता है। वह बहुत कुछ सीखने की कोशिश करता था। कभी वह घण्टों पेट के बल लेटा हुआ जमीन की ओर देखता रहता और उस पर चलते हुये जीवों, कीड़े-मकोड़ों को देखा करता और उनकी आदतों के बारे में सोचता रहता; परंतु न तो वह उन्हें कभी मारता और न परेशान ही करता।

द्वीप, झील और चट्टान डिकी के लिये किसी पुस्तक के तीन बड़े अध्यायों के समान थे। एमी भी द्वीप की सुंदरता और रंगों में खो जाती थी। उसका जीवन एक सपने की तरह था जिसमें कभी-कभी दुख की छाया आ जाती थी। कभी-कभी उसे याद आ जाते वही पुराने नजारे, जहाज, उसका घने कोहरे से ढक जाना, अपने चाचा का दुख भरा चितिंत चेहरा, भयानक तूफान जब वह अपने चाचा से अलग हुयी और वह चट्टान की घटना जब बटन भी उससे बिछुड़ गया था। परंतु वह कभी भी डिकी से इसके बारे में बात नहीं करती थी। इन सबको याद करते हुये कभी-कभी उसे डर लगता था कि कहीं वह डिकी को भी न खो दे। वह सोचती थी कि जैसे श्रीमती स्टेनार्ड, उसके चाचा जी और बटन उससे दूर

चले गये हैं, डिकी भी जा सकता है। इस बात का डर उसे कई महीनों से था कि वह कहीं अकेली वहाँ न रह जाये। अब उसे केवल डिकी से ही अलग होने का डर था। डिकी अब उसे कुछ बदला हुआ सा लगता था। अब वह डिकी को अपने और भी निकट आता हुआ अनुभव करती थी। वह उससे अलग हो जाने के बारे में सोच भी न सकती थी।

डिकी ने भाला बनाकर एक ओर रख दिया और उठ खड़ा हुआ।

"कहाँ जा रहे हो ?"

"चट्टानों की ओर जा रहा हूँ।"

"मैं भी चलूँगी।"

झोपड़ी में घुसकर वह सावधानी से चाकू टाँड़ पर रख आया और भाला हाथ में लेकर धीरे-धीरे झील की ओर चल दिया। नाव किनारे के एक ओर बँधी हुयी थी। एमी के बैठ जाने पर उसने चप्पू उठा लिया। नाव चट्टानों की ओर चल पड़ी। द्वीप के इस किनारे से चट्टानें काफी दूर पर थीं। यहाँ झील इतनी छिछली थी कि पानी कम होने पर या ज्वार के उतार के समय पानी में पैदल ही चलकर चट्टानों तक पहुँचा जा सकता था। परंतु कहीं-कहीं पर गहरे गड्ढे या दलदल होने के कारण फँस जाने का डर था। समुद्र में रहने वाले दूसरे जीवों के कारण भी पानी में चलना खतरे से खाली न था। लेकिन अब डिकी को पता चल चुका था कि किधर से जाना चाहिए। यदि उसे ठीक पता न होता तो छिछले पानी में तो इतनी छोटी नाव भी फँस जाने का डर था।

कुछ दूर जाने पर लहरों की आवाज और समुद्री चिड़ियों की चीख सुनाई देने लगी। डिकी ने नाव एक छोटी चट्टान से बाँध दी और सहारा देकर एमी को उतार लिया। सूर्यास्त हो रहा था। समुद्र का पानी हल्की धूप में चमक रहा था।

डिकी ने भाला चट्टान पर रख दिया और उसके पास ही बैठकर अपने कपड़े उतारने लगा। एमी ने अपना सिर घुमा लिया और दूर किनारे की ओर देखने लगी जो यहाँ से जितना दूर लग रहा था उतना वास्तव में था नहीं।

डिकी चट्टान पर लेट गया और एक उभरे हुये हिस्से को कस कर पकड़ लिया। झाग भरी लहरें आकर उसके ऊपर से निकल जाती थीं। कभी कोई मछली दिख जाने पर वह जोर से भाला चलाता था। इस समय वह बिल्कुल जंगली लग रहा था।

कभी-कभी जोर से सनसनाता हुआ हवा का झोंका आता और उसकी आवाज

भी गरजती हुयी लहरों की आवाज में खो जाती। कभी कोई चीख सुनाई देने पर एमी डिकी को ओर देखती। डिकी के ऊपर उठे हुये भाले में कोई फड़फड़ाती हुयी चीज दिखाई देती और डिकी खुशी से चहक रहा होता। वह ज्यादा मछलियाँ केवल बरबाद करता रहता। क्योंकि इतनी मछलियाँ उसके किस काम आतीं ? वह यहाँ आकर बिल्कुल जंगलियों जैसा व्यवहार करने लगता था।

# चौबीस

मूँगे की चट्टानों और द्वीप के बारे में कहा यह जाता है कि वे एक प्रकार के कीड़े द्वारा बनायी हुयी हैं। इस कीड़े की प्रशंसा करते हुये कहा जाता है कि वह बहुत धैर्यपूर्वक और परिश्रम से चट्टानें बनाता है।

परंतु वास्तव में शायद कोई कीड़ा इतना सुस्त और आलसी नहीं होता जितना कि यह चट्टान बनाने वाला जीव। वह जीवित रहने के लिये रत्ती भर भी संघर्ष नही करता। केवल चूनेदार पदार्थों को अपनी ओर आकर्षित करता है और अपने लिये घर बनाता है। घर भी वह खुद नहीं बनाता। उसके लिये यह काम समुद्र को करना पड़ता है। वह जीव मर जाता है परंतु उसका घर सदा के लिये उसकी यादगार छोड़ जाता है। मूँगे की चट्टानें हजारों लाखों वर्ष पहले की बनी हुयी होंगी और आप उन्हें बेजान समझेंगे। परंतु नहीं—वे अर्द्धजीवित होती हैं। यदि उनमें कुछ जान न होती तो इतने वर्षों तक इन भयानक लहरों के बीच किस तरह रह पातीं ? चट्टानों का जीवित भाग लहरों के नीचे रहता है। यदि यह जीव क्षण भर को भी धूप में छोड़ दिये जायें तो मर जाएँगे। चट्टानों का ऊपरी भाग निर्जीव होता है और नीचे के भाग में वे अपना आलसी जीवन बिताते हैं।

ये मूँगे नष्ट होते जाते हैं और नये जीवित मूँगे उनका स्थान लेते जाते हैं। मूँगों को मछलियाँ खा जाती हैं। कभी-कभी समुद्री तूफानों में नष्ट भी हो जाते हैं। हर तूफान में इतनी मूँगे की चट्टानें नष्ट हो जाती हैं और जीवित मूँगे उनका स्थान इस प्रकार शीघ्रता से लेते हैं जैसे मनुष्य के शरीर में कोई घाव हो जाता है और भरता जाता है।

कभी-कभी ये चट्टानें मिलकर पूरा द्वीप बना लेती हैं। इन द्वीपों में किसी पर तो बड़े-बड़े वृक्ष उग आते हैं और कोई द्वीप बिल्कुल सुनसान उजाड़ रह जाता है जिस पर कोई घोंघा भी नहीं उगता।

उस मूँगे की चट्टान पर तरह-तरह के मूँगे लगे हुये थे। उनके रंग बहुत सुंदर थे। लाल, सफेद, हरे, सभी। एमी ध्यान से मूँगों का निहार रही थी।

अब तक डिकी ने बहुत सी मछलियाँ मार ली थीं। उन्हें वहीं छोड़कर वह उठ खड़ हुआ। वह भी घूम-घूमकर मूँगों का निरीक्षण करने लगा। मछलियाँ मारते-मारते उसका जी ऊब गया था। आश्चर्यजनक और सुंदर जीव दिखाई दे रहे थे। बड़े-बड़े घोंघे चुकंदर की शक्ल के थे। कहीं पर मरी हुयी मछलियाँ पड़ी हुयी थीं जो कि बिल्कुल सूख गयी थीं। कहीं तारे के आकार की मछलियाँ और कहीं रंग-बिरंगी मछलियाँ उस चट्टान की सुन्दरता बढ़ा रही थीं।

डिकी धीरे-धीरे किनारे की ओर आया और भाला वहीं रखकर पानी में उतर पड़ा। अभी वह घुटने तक पानी में ही पहुँचा था कि उसे लगा किसी ने कसकर उसे रस्सी से बाँध दिया है। वह दर्द और डर से चीख पड़ा। तभी उसे मोटे चाबुक का सा आकार पानी में दिखाई दिया जिसने उसे घुटनों के पास कसकर जकड़ दिया था। डिकी अब अपने पैर भी हिला नहीं पा रहा था।

# पच्चीस

एमी चारों ओर की सुंदरता में ऐसी खो गयी थी कि वह डिकी को कुछ देर के लिये भूल गयी थी। सूर्यास्त हो रहा था। हल्की धूप में अब गर्मी भी कम हो गयी थी। इन चट्टानों पर सूर्यास्त का नजारा देखने योग्य होता है। दिन भर के अशांत वातावरण में कुछ शांति छाने लगती है। चट्टानों के पास झाग भरी लहरें चमचमा रही थीं। सागर भी शांत होने लगा था। वह शीशे के समान चमक रहा था। हवा के झोंकों के साथ लहरों की आवाज भी तेज सुनाई दे रही थी। समुद्री चिड़ियाँ अशांत आत्माओं के समान चट्टानों पर मँड़राती दिखाई दे रही थीं। वे भी सूर्यास्त के समय समुद्र के साथ-साथ शांत होती जा रही थीं और उनकी चीखें करुण-सी होती जा रही थीं। पूरे द्वीप का वातावरण शांत हो गया था। यह दृश्य स्वप्नों के दृश्यों से भी अधिक सुंदर था।

कभी-कभी डिकी सुबह तड़के चढ़ते ज्वार के समय ही द्वीप-चट्टानों की ओर चल देता था। उस समय का दृश्य भी सूर्यास्त के समान सुंदर होता था। आकाश में तारे धुँधले होने लगते थे और लगता था कि एकाएक पूर्व की ओर के लंबे-लंबे नारियल के वृक्षों की चोटियों पर आग लग गयी हो। फिर धीरे-धीरे बढ़ता हुआ प्रकाश वृक्षों के बीच से छन-छनकर पृथ्वी पर आने लगता था और झील भी साफ होती जाती थी। दूर समुद्र पर प्रकाश फैलने लगता था और रात से दिन हो जाता था। वातावरण अशांत होने लगता, समुद्री चिड़ियों की चीखें तेज होने लगतीं, हवा में तेजी आ जाती और लहरों का वेग तेज हो जाता। डिकी के साथ भी एमी अपने को अकेली ही समझती थी परंतु यह प्राकृतिक सौंदर्य उसका साथी था जो अकेले व्यक्ति के लिये बहुत बड़ा दोस्त है।

एमी अभी इन दृश्यों के सौंदर्य में ही खोयी थी कि एकाएक उसे एक चीख सुनाई दी। वह जल्दी से वहाँ पहुँच गयी। डिकी अब भी पानी में खड़ा

था। वह हिल-डुल भी नहीं सकता था। हाथ ऊपर उठाए डर से चीख रहा था। एमी उसे देखते ही उस ओर दौड़ पड़ी।

"मेरा भाला लाओ !" डिकी ने चिल्लाकर कहा। एमी ने देखा कि पानी में रस्सियाँ लपेटती ही जा रही हैं। वे रस्सियाँ जो कुछ भी रही हों, वह दृश्य बहुत भयानक था। वह जल्दी से दौड़कर भाला उठा लायी।

डिकी को भाला हाथ में देते समय उसने देखा कि वे रस्सियाँ जीवित थीं और वह उन रस्सियों को देखने लगी। यद्यपि वह वहुत डरी हुयी थी फिर भी डिकी को बचाने के लिये पानी में उतर कर, उन रस्सियों से लड़ने के लिये तैयार थी।

तभी पानी में छपाक की आवाज हुयी और एक चाबुक की आकृति ने डिकी को और भी कसकर बाँध लिया। एमी ने देखा—एक भयानक जीव—बड़ी-बड़ी पथरीली, गोल आँखें, लंबी तोते की चोंच जैसा निकला हुआ मुँह और लंबी पूँछ। वह भय से चीख उठी। डिकी ने तेजी से भाला उस जीव की पथरीली आँख में घुसा दिया। आसपास का पानी एकाएक काला हो गया और डिकी के बंधन भी ढीले पड़ गये।

एमी ने दौड़कर डिकी को पकड़ लिया। वह सिसक रही थी और डिकी को कसकर पकड़े हुये उसे चूमती जा रही थी। डिकी ने भी बायाँ हाथ बढ़ाकर उसे अपने पास दबा लिया। यद्यपि वह इस समय एमी के बारे में कुछ नहीं सोच रहा था। वह लगातार भाले से उस जानवर को मारते जा रहा था, पूरी ताकत लगाकर वह उसे भाला मारता गया जब तक कि भाला टूट न गया।

माथे से पसीना पोंछते हुये डिकी बोला—"तुमने उसकी आँखें देखी थीं। मेरी इच्छा थी कि उसके सौ आँखें होतीं तो मैं उनमें सौ बार भाला घुसाता।" एमी अब भी डिकी से लिपटी हुयी सिसक रही थी। डिकी उसको सहारा देता हुआ नाव की ओर ले चला। किनारे पर पहुँचकर उसने मरी हुयी मछलियाँ उठाकर नाव पर रख लीं और एमी को बैठाकर चल पड़ा।

वह गर्व से हँसता हुआ उस भयानक घटना का वर्णन कर रहा था कि उसने किस तरह उसे मारा। उसने साधारण तौर पर एमी को भाला लाने के लिये धन्यवाद दे दिया।

परंतु एमी ने न अपनी प्रशंसा ही सुनी और न उसका धन्यवाद ही लिया। वह डिकी के बारे में ही सोच रही थी कि वही उसका सूर्य है और वह खुद उसकी परछाईं, उसकी दासी है।

डिकी बराबर उसी जानवर से लड़ाई के बारे में बतला रहा था। वे झोपड़ी

के पास आकर आराम करने लगे थे पर डिकी ने अभी बोलना नहीं बंद नहीं किया था। और कोई श्रोता होता तो उसका जी ऊब गया होता परंतु एमीलाइन उसके साथ, उसकी बातों से प्रसन्न थी।

डिकी वहीं जमीन पर लेट गया। बराबर बातें करता-करता जल्दी ही सो गया। एमी भी उसके पास लेट गयी परंतु उसकी आँखों में नींद न थी। वह उसी भयानक जीव के बारे में सोच रही थी जिसकी मृत्यु उसके जीवन में दूसरी मृत्यु घटना थी। पहली बार उसने 'बटन' को खो दिया था।

# छब्बीस

दूसरे दिन डिकी झोपड़ी के पास ही वृक्ष की छाया में बैठा हुआ था। उसके पास कई मछली पकड़ने के काँटे पड़े हुये थे। पहले उनके पास चौबीस काँटे थे। अब छः रह गये थे—चार छोटे, और दो बड़े। वह एक बड़े काँटे को ठीक कर रहा था ताकि वह केले तोड़ने के लिये जाते समय झील के गहरे भागों से कुछ मछलियाँ भी पकड़ता हुआ लाये।

दोपहर का समय था। हवा बिल्कुल बंद थी। एमीलाइन उसके सामने ही घास पर बैठी हुयी उसके काम में मदद कर रही थी। कभी दूर से लहरों के गरजने या पक्षियों के फड़फड़ाने की आवाज सुनाई दे जाती थी। एकाएक उन्हें एक अजीब-सी आवाज सुनाई देने लगी जैसे कोई बहुत दूर ढोल बजा रहा हो।

"सुनो!" एमी बोली। एक क्षण अपना काम रोक डिकी आवाज को ध्यान से सुनने लगा। उसने इस द्वीप पर ऐसी आवाज कभी न सुनी थी। कहीं दूर से हल्की-सी आवाज आ रही थी। कभी लगता कि समुद्र की ओर से आ रही हो तो कभी जंगलों में से आती जान पड़ती। तभी हल्की आह सी भरती हुयी हवा धीरे-धीरे चलने लगी और पत्तियों की खड़खड़ाहट में वह दूर से आती हुयी आवाज खो गयी। डिकी ने फिर फिर अपने काम पर लग गया।

दूसरे दिन सुबह मछली मारने का काँटा लेकर वह नाव पर बैठ गया। एमी ने नाव खोल दी। हवा में हाथ हिलाते हुये उसे विदा किया। जब तक डिकी मोड़ पर जाकर आँखों से ओझल न हो गया वह तब तक वहीं खड़ी रही। डिकी के इस प्रकार जाने से एमी को बहुत दुख होता था। वह अकेली रह जाती थी और उसे डर लगता रहता था। फिर भी कभी वह डिकी से कुछ कहती न थी। उसे लगता था मानों वह स्वर्ग में रह रही है। यहाँ इतने सुंदर नजारे हैं, विशाल नीला सागर, चमकता हुआ सूर्य, लंबे वृक्ष, फूल-फल इत्यादि। सब उसका जी

बहलाने का प्रयत्न करते हैं। फिर भी इन सबके पीछे एक भयानक रहस्य है, और उस पर कोई विपत्ति आने वाली है।

डिकी ने लगभग एक मील आगे निकल आने पर चप्पू रख दिये। यहाँ पानी गहरा था। इतना गहरा, कि किनारे की तरह साफ पानी होने पर भी झील का तला न दिखाई दे रहा था।

उसने काँटे में एक मरी हुयी मछली फँसाकर नीचे लटका दिया। बंसी को नाव से बाँध दिया। खुद...बाहर सिर निकालकर ध्यान से गहरे पानी में देखने का प्रयत्न करने लगा। परंतु वहाँ उसे गहरे नीले रंग के साफ पानी के सिवा कुछ न दिखाई दे रहा था। कभी-कभी कोई बड़ी मछली साफ आती दिखाई देती और एक क्षण में ही गायब हो जाती।

अचानक एक झटका लगा। यदि डिकी नाव की दूसरी ओर न बैठा होता तो वह उलट गयी होती। डिकी ने नाव सँभाल ली। बाँस नाव से खोल लिया और ऊपर उठाकर देखा—कि एक बड़ी सी मछली फँसी थी। उसने जल्दी चप्पू उठा लिये और किनारे की ओर चल दिया। मछली उसी प्रकार से फँसी हुयी पानी में घिसट रही थी। कभी वह जोर से उछलकर पानी के ऊपर आ जाती, कभी तेजी से नीचे गहरे पानी में चली जाती। लगभग एक घंटे में उसकी उछल-कूद कुछ कम हुयी और अब तक डिकी की नाव भी किनारे तक पहुँच चुकी थी। यहाँ पानी की गहराई कम थी और बहाव भी। नाव के अगले हिस्से से बनती हुयी लहरें गोलाकार होकर बढ़ती जाती थीं। और फिर गायब हो जाती थीं। यहाँ पर उस मछली की आकृति साफ दिखाई पड़ने लगी। वह बड़ी बुरी हालत में थी और इतनी उछल-कूद के कारण सुस्त हो गयी थी। किनारे पहुँचकर उसने धीरे-धीरे काँटा ऊपर खींचना शुरू किया। थोड़ी ही देर में वह बड़ी सी मछली पानी के ऊपर आ गयी। तभी एक बड़ी सी धुँधली आकृति ने उस मछली पर झपट्टा मारा और जब काँटा ऊपर आया तो उसमें केवल उस मछली का सिर फँसा हुआ रह गया था। डिकी ने उसे काँटे से अलग किया और जोर से अस्पष्ट आकृति की ओर फेंका। क्षण भर में मछली के सिर सहित वह आकृति भी पानी में ही ऐसी खो गयी मानों वह उसी में घुल गयी हो।

# सत्ताईस

डिकी ने देखा, ज्वार आने को है और अभी उसे लगभग तीन मील और जाना है। उसने जल्दी-जल्दी चप्पू चलाने शुरू किये। वह अपने आप ही कुछ बड़बड़ाता भी जा रहा था। पिछले कुछ दिनों से उसे ऐसी आदत पड़ गयी थी और उसका मुख्य कारण थी एमीलाइन। इधर कुछ महीनों से वह उसे बदली हुयी लगती थी। यहाँ तक कि उसका चेहरा भी बदल गया था। उसे लगता था कि एमी के बजाये कोई दूसरी लड़की उस द्वीप पर आ गयी है। उसे यह नहीं मालूम था कि एमी में अब सुंदरता समा गयी है। उसे यह मालूम था कि एमी अब पहले से बदल गयी है और उसमें कुछ आदतें ऐसी आ गयी हैं जो डिकी को पसंद नहीं। जैसे कि दूर जाकर अकेले ही नहाना।

पहले छः महीने के लगभग वह बहुत खुश होकर सब काम करता था। शिकार करना, खाना बनाना, खाना और सोना सबमें उसे बडी रुचि थी। परंतु बाद में वह परेशान-सा रहने लगा, यद्यपि उसे खुद न मालूम था कि उसे किस चीज की जरूरत है। वह वहाँ से कहीं दूर चला जाना चाहता था, द्वीप से नहीं बल्कि वहाँ से जहाँ उन लोगों ने अपनी छोटी-छोटी झोपड़ियाँ बनायी थीं।

यह परेशानी शहर में मनुष्यों के बीच जाकर रहने के लिये वहाँ की सभ्यता के लिये भव्य मकानों के लिये, अथवा वहाँ के व्यस्त जीवन के लिये थी ? या किसी का प्यार उसे पुकार रहा था ? यह उसे खुद ही समझ में न आता था। उसे नहीं मालूम था कि प्यार उसको पास ही मिल सकता था।

नाव किनारे पहुँच चुकी थी परंतु वह उस ओर न देखकर चट्टान के ऊपर एक काले बिंदु को देख रहा था, जहाँ कई वर्ष पहले उसने एक भयानक दृश्य देखा था। उसने चप्पू रख दिये और एकटक उसी ओर देखने लगा। वह जब भी इधर आता था तो ऐसा ही करता था। उसे अब डर तो न लगता था परंतु

एक उत्सुकता-सी उसके हृदय में सदा ही रहती थी। उसी ओर एकटक देखते-देखते वह नाव से उतर पड़ा। नाव घसीटकर किनारे से लगा दी। रेत की ओर देखते ही उसे लगा कि यहाँ कोई घटना हुयी है। रेत को किसी ने खूब रौंदा था एक स्थान पर राख पड़ी हुयी थी। जान पड़ता था किसी ने यहाँ आग जलाई होगी। किनारे पर ही, रेत में दो गहरी नालियाँ-सी बन गयी थीं जैसे किसी ने नावें घसीट कर किनारे पर लगाई हों।

वास्तव में वहाँ दो बड़ी-बड़ी नावें आयी थीं शायद किसी दूसरे द्वीप से। वहाँ पर एक टूटा ढोल पड़ा हुआ था। शायद इसी की आवाज उन लोगों को उस किनारे पर सुनाई दे रही थी। रात भर खुशियाँ मानने के बाद सुबह ही उन लोगों ने वह द्वीप छोड़ दिया था। डिकी ने नाव से उतर कर चारों ओर देखा। एक टूटा हुआ भाला रेत पर पड़ा हुआ था। शायद इसे वे लोग ही छोड़ गये थे या भूल गये थे। वह किसी मजबूत लकड़ी और लोहे का बना हुआ था। दाहिनी ओर नारियल के वृक्षों के नीचे भेड़ों की अँतड़ियों का ढेर-सा लगा हुआ था, यद्यपि उस द्वीप में कहीं भेड़ें न थीं। किनारे की रेत अपने-आप ही कोई कहानी कह रही थी—जैसे दो आदमियों में लड़ाई हुयी हो—एक ने दूसरे को पीठ के बल घसीटा हो और भेड़ के समान उसकी गर्दन काट कर जान ले ली हो। यह देखकर डिकी के शरीर में कंपकंपी हो आयी। संतोष यही था कि वह पहले नहीं आया और इस तरह दुर्घटना से बच गया। जो भी आया था वह किधर चला गया, यह जानने की उत्सुकता से डिकी जल्दी-जल्दी पहाड़ी की ओर चल पड़ा। चोटी पर पहुँचकर वह चारों ओर समुद्र पर नजर दौड़ाने लगा। उसे दूर पर दक्षिण-पश्चिम दिशा में दो नावें और उनके पाल दिखाई दिये। वह किनारे पर के भयानक नजारे के बारे में सोचता हुआ घुटने मोड़कर वहीं बैठ गया। जब भी वह किनारे पर आता था कोई ऐसी ही बात होती थी। पिछली बार उसकी नाव खोते-खोते बच गयी। वह उसे खुली ही छोड़ आया था और लहरों में पड़कर दूर तक बहती चली गयी थी कि वह केले लेकर वापस लौट आया था और पानी में कूदकर नाव किनारे की ओर ले आया था। एक बार वह एक ऊँचे पेड़ से गिर पड़ा था। एक बार जोर की आँधी आयी थी और कई पेड़ टूट कर गिर गये थे। नाव भी टूटते-टूटते बच गयी थी। इस बार भी वह एक भयानक घटना से बची था और उसका जी कह रहा था कि अब उसे इधर न आना चाहिए।

वह पहाड़ी से उतर कर केले तोड़ने चला गया। चार बड़े-बड़े गुच्छे तोड़कर किनारे लौटा, और नाव में बैठ गया। लगभग सौ गज चलने पर उसने नाव चट्टान

की ओर मोड़ दी जहाँ वह पाँच साल पहले एमी के साथ बटन को खोजने आया था। लगता था कि वह घटना अभी कल ही हुयी हो। सब कुछ वैसा ही था। झाग भरी बड़ी-बड़ी लहरें चट्टान से टकरा रही थीं। पक्षियों की चीखें वैसी ही कर्कश थीं। चमकता हुआ सूर्य, झील, और उसमें अपनी परछाईं देखते हुये लंबे नारियल के वृक्ष, सब वही थे।

इन पाँच वर्षों में कितने ही जहाज आये परंतु शायद किसी ने चट्टान की ओर ध्यान न दिया। वह दृश्य केवल पहाड़ी की चोटी पर से ही साफ दिखाई देता था और केवल उसी को दिखाई दे सकता था जो उस घटना से परिचित हो। वैसे तो केवल एक काला बिंदु ही दिखाई देता था।

पीपे के पास ही एक अस्थिपंजर पड़ा हुआ था और कपड़ों के कुछ चिथड़े उसके चारों ओर उड़ रहे थे। खोपड़ी एक ओर को लुढ़क गयी थी। डिकी को अब तक कुछ समझ में न आता था। परंतु आज यह ढाँचा देखकर उसे उन छोटे पक्षियों के ढाँचों की याद आ गयी जिन्हें उसने जङ्गलों में इधर-उधर पड़े हुये देखा था। अब उसे मौत का अर्थ कुछ-कुछ समझ आता था कि जो आग उसे एक बार जला चुकी है, किसी दूसरे को भी उसी प्रकार जला सकती है। डिकी भी समझ गया कि जो हाल उसके मित्र बटन का हुआ है, कभी न कभी उसका भी होगा। और एमी का भी।

वह बहुत देर तक चुपचाप खड़ा जानें क्या-क्या सोचता रहा। फिर एक लंबी साँस छोड़ता हुआ मुड़कर नाव की ओर चल दिया। झील पार करके वह धीरे-धीरे पेड़ों की छाया में ही नाव खेते हुये अपनी झोपड़ी की ओर चल दिया। मोड़ पर पहुँचते ही उसने पीछे मुड़कर देखा। एक धुँधली सी आकृति झील के किनारे पर उसकी राह देख रही थी। वह एमी थी।

# अट्ठाईस

केलों के गुच्छे लाकर डिकी ने पेड़ की एक डाल पर लटका दिये और शाम का भोजन बनाने के लिये आग जलाने लगा। आग जलाकर धीरे-धीरे नाव की ओर चल दिया और थोड़ी देर में हाथ में एक भाला लिये हुये वापस आया। भाला बीच से दो टुकड़े हो गया था। उसने किनारे पर देखा हुआ कुछ भी हाल एमी को न बताया था।

एमी घास पर बैठी हुयी कुछ सिलाई कर रही थी। उसके पास ही उसकी पालतू चिड़िया फुदक रही थी, और एक केले में चोंचे मार रही थी जो डिकी ने उसके सामने डाल दिया था। हल्की-हल्की हवा चल रही थी। घास पर वृक्ष की झूमती हुयी शाखाओं की छाया पड़ रही थी।

"तुम्हें यह कहाँ मिला?" एमी ने डिकी द्वारा पास ही फेंके हुये उस भाले की ओर ध्यान से देखते हुये पूछा।

"यह उधर किनारे पर पड़ा हुआ था।" कहते हुये वह भी एमी के पास आकर बैठ गया और टूटे हुये भाले को जोड़ने की कोशिश करने लगा।

"वहाँ शायद कुछ लोग आये थे।" डिकी ने कहा।

"कहाँ ?"

"वहीं यह रेत पर पड़ा हुआ था, और रेत पर पैरों के निशान बने हुये थे।"

"डिकी, वे कौन थे ?"

"मुझे नहीं मालूम। मैं पहाड़ी पर चढ़ा तो देखा कि नावें काफी दूर जा चुकी थीं और यह भाला टूटा हुआ किनारे पड़ा था।"

"डिकी तुमको कल वाली वह आवाज याद है ?"

"हाँ।"

“मैंने रात में भी सुनी थी।”

“कब ?”

“रात में चाँद छुपने से पहले।”

“हाँ वह उन्हीं की आवाज होगी।”

“डिकी।”

“हाँ ?”

“वे लोग कौन थे ? रात में मैंने वह आवाज सुनी और तुम्हें जगाया भी परंतु तुम गहरी नींद में सो रहे थे जागे नहीं। वह आवाज बराबर होती रही। डिकी, कैसे वे लोग यह आवाज कर रहे थे ?”

“मुझे नहीं मालूम, परंतु वह उन्हीं की आवाज होगी।”

एमी ध्यान से डिकी की ओर देख रही थी। डिकी भाले को जोड़कर नारियल के पेड़ की रस्सी से बाँध रहा था। मजबूती के साथ बाँधकर उसने मिट्टी से उसके नुकीले फल को घिस-घिसकर साफ किया, और पेड़ की छाल द्वारा रगड़कर चमका दिया।

काम खत्म करके वह अपने कपड़े ठीक करता हुआ उठ खड़ा हुआ। एमी द्वारा बनायी हुयी पेटी कसकर कमर पर बाँध ली। झोपड़ी में घुसकर वह मछली मारने की बरछी उठा लाया। झील पार कर वे दोनों चट्टान पर पहुँच गये। डिकी ने अपनी आदत के अनुसार सब कपड़े उतार दिये और झील में नहाने लगा। यहाँ इस प्रकार स्नान करने में उसे बड़ा आनंद आता था, यद्यपि द्वीप पर वह कभी इस प्रकार कपड़े उतार कर खड़ा न होता। कोई न कोई कपड़ा अवश्य ही पहने रहता।

एमी चट्टान पर बैठ गयी और पानी की ओर एकटक देखने लगी जैसे उसमें कुछ खोज रही हो। एकाएक उसे डिकी के चिल्लाने की आवाज सुनाई दी। वह देखने लगी कि आवाज किधर से आयी। उसने देखा कि डिकी एक ओर कुछ इशारा करके दिखा रहा है। लगभग आधे मील की दूरी पर सुंदर पालदार नाव दिखाई दे रही थी। एमी दौड़कर डिकी के पास पहुँच गयी और चुपचाप उसके पास खड़ी होकर देखने लगी। नाव पर बहुत से लोग थे। वे कभी द्वीप की और देख रहे थे और कभी चट्टान पर खड़ी हुयी दो आकृतियों की ओर। एमी के चमकदार लंबे बाल हवा में लहरा-लहरा कर उड़ रहे थे और डिकी का चमकदार भाला धूप में और भी चमक रहा था। उन लोगों ने दूर से उस जंगली जोड़े को देखा।

“वे लोग दूर जा रहे हैं!” संतोष की साँस लेते हुयी एमी बोली।

डिकी ने कोई जवाब न दिया। कुछ देर तक वह उसी सुंदर नाव की ओर देखता रहा। फिर एकाएक वह हवा में हाथ हिला-हिलाकर जोर से उन्हें पुकारने लगा। परंतु उसकी आवाज उस सुनसान जगह में गूँजकर वापस लौट आयी।

# उनतीस

दो पक्षी वृक्ष की एक डाल पर पास-पास बैठे हुये थे। 'कोको' ने अपना साथी ढूँढ़ लिया था। उन लोगों ने उसी वृक्ष पर अपना घोसला बना लिया था। बसंत ऋतु समाप्त होने को थी। इन दिनों वहाँ पक्षियों की क्रीड़ाएँ देखने को खूब मिलती थीं। एमी सारा दिन उन्हें ही देखने में व्यस्त रहती। उसे इसमें बड़ा आनंद मिलता। वृक्षों पर भाँति-भाँति के पक्षी चहचहाते। उनकी आवाजें पत्तियों के बीच से मानों छन-छनकर नीचे घास पर बैठी हुयी एमी तक पहुँचती। पता नहीं क्यों वह प्रसन्न हो उठती। कभी दो एक छोटे-बड़े पंख ऊपर से गिर पड़ते और कभी घोसले बनाने के लिये इकट्ठे किये हुये तिनके।

कभी कोई जोड़ा आकर उनकी झोपड़ी की छत पर आ बैठता तो कभी फुदककर घास पर जा बैठता। एक दिन डिकी जंगल से अमरूद लाने की तैयारी कर रहा था। सुबह से वह ताड़ के पत्तों से डोलची बनाने की कोशिश कर रहा था। काफी मेहनत के बाद उसने एक सुंदर-सी डोलची बनाकर तैयार कर ली। दोपहर हो गयी थी। एक बाँस में डोलची लटका कर उसने कंधे पर रख ली और जंगल की ओर चल दिया। एमी उसके पीछे-पीछे चल पड़ी। वहाँ जाते हुये एमी को डर लगता था। अकेले जाने की हिम्मत न पड़ती। जंगल में घुसकर वे एक छोटे से रेतीले स्थान पर पहुँच गये। यह रेतीला हिस्सा इस जंगल में किस प्रकार बन गया था यह समझ में नहीं आता। चारों ओर बहुत ही घनी घास और फर्न इत्यादि लगे हुये थे।

वे यहाँ से बांईं ओर मुड़कर और भी घने जङ्गल में घुस गये। यहाँ वृक्षों के बीच में आने-जाने के लिये एक पतला-सा रास्ता बन गया था। आगे बढ़ने पर जङ्गल और भी घना होता गया। रास्ता भी पतला होता गया। अंत में वे एक हरी-भरी घाटी में पहुँच गये। यहाँ इतनी घनी फर्न लगी हुयी थी कि लगता था मानों प्रकृति ने मोटा नर्म गलीचा बिछा दिया हो।

यहाँ आते ही पता नहीं क्यों एमी को डर लगने लगता था। घाटी की ओर बड़े-बड़े पत्थरों का ऊँचा ढेर लगा हुआ था। वृक्षों की मोटी-मोटी जड़ें उन पत्थरों के बीच भी घुस गयी थीं। उन्हीं पत्थरों में एक लंबा सा पत्थर निकला हुआ था जिसकी ऊँचाई लगभग 30 फुट रही होगी। लगता था किसी ने उस पर मूर्ति बनाने का प्रयत्न किया था। वह बड़ी डरावनी लग रही थी। इसे ही देखकर एमी को डर लगता था। वे लोग पहले भी यहाँ आ चुके थे। उस बार एमी को ऐसा लगा मानों कोई काली छाया, उन घने वृक्षों में छिपकर उनका पीछा कर रही है। पत्तियों की खड़खड़ाहट उसे ऐसी लग रही थी मानों कोई शैतान खिलखिला रहा हो। ऐसे स्थान प्रशांत सागर के द्वीपों पर मिलते हैं। इन स्थानों के चारों ओर घना जङ्गल होता है। यह देवमूर्तियाँ बहुत बड़ी होती हैं परंतु उनकी आकृति अस्पष्ट होती है। शायद तूफानों और कडी धूप से संघर्ष करते रहने के कारण। एमी ने उसका नाम रख दिया था ''पत्थर का आदमी'। डिकी को यहाँ आकर बड़ी शांति मिलती थी। यहाँ आकर चुपचाप खड़ा हो जाता और न जाने किन विचारों में खो जाता था। एमी को डिकी के साथ होने के कारण इतना डर न लग रहा था और वह उस आकृति को केवल एक पत्थर ही मान रही थी। कुछ देर आराम करने के बाद डिकी उठकर अमरूद के वृक्षों की ओर चल दिया। पके हुये फल तोड़कर उसने डोलची में भर लिये। उस पालदार सुंदर नाव को और उसके यात्रियों को देखकर वह और भी परेशान-सा रहने लगा था। शायद उसे दूरदेशों की याद आ गयी थी और वह कहीं दूर चला जाना चाहता था।

भरी हुयी टोकरी उठाकर वह एमी के पास आकर बैठ गया। कुछ फल निकालकर एमी को दे दिये। अमरूद खा चुकने पर एमी ने पास ही पड़ी हुयी वह छड़ी उठा ली जिस पर डोलची लटका कर डिकी यहाँ लाया था। उसे मोड़कर उसने धनुष के आकार का बनाया ही था कि एकाएक एक सिरा उसके हाथ से छूटकर डिकी के गाल पर जा पड़ा। उसे जोर से चोट लग गयी। डिकी ने क्रोधित होकर एमी को जोर से मारा। एमी एक क्षण आश्चर्यपूर्वक उसे देखती रह गयी। अकस्मात् दुख से उसका गला भर आया। बहुत रोकने पर भी वह रो ही पड़ी। डिकी को लगा मानों उनके बीच पड़ा हुआ पर्दा किसी ने हटा दिया। उस नजर में न जाने क्या था, कि डिकी ने एकाएक आगे बढ़कर एमी को अपनी बाहों में ले लिया। एक क्षण तो वह एकटक उसकी ओर देखता रह गया। वह समझ न सका कि उसे क्या करना चाहिए। तभी उसके होंठों ने उसे सब कुछ समझा दिया। उसने अपने होंठ एमी के होंठों पर रख दिये।

# तीस

उस रात भी चाँद निकला। उसने उन्हें छोटी-सी झोपड़ी में खोजा परंतु झोपड़ी खाली पड़ी हुयी थी। फिर उसने विशाल सागर और चट्टानों की ओर नजर डाली। पर वहाँ भी कोई न था। झील पर भी उसे अपने ही परछाईं के सिवा कुछ न दिखा। झील के साफ पानी में मछलियाँ साफ दिखाई दे रही थीं, और उसके तल पर उनकी छाया भी दिख रही थी। वे भी चाँद का स्वागत करने को दौड़ पड़ीं। उन्होंने उसकी छाया छोटी-छोटी लहरों द्वारा बिगाड़ डाली। और फिर उसने लंबे वृक्षों के बीच से झाँककर उस हरी-भरी घाटी में अपनी चाँदी जैसी किरणें भेजने का प्रयत्न किया। लंबी-चौड़ी देवमूर्ति कुछ साफ दिखाई देने लगी। उसी की छाया में दो आकृतियाँ दिखाई दीं। एक दूसरे की बाहों में बँधे हुये ये गहरी नींद में सोये हुये थे। प्रकृति ने उन्हें प्यार करना उसी प्रकार सिखाया था जैसे अबोध पक्षियों को सिखाती है। प्रकृति के अनुसार उनका ब्याह हो गया था। बिना किसी धूमधाम के। बिना मेहमानों के। केवल उसी हजारों वर्ष पुरानी मूर्ति के सामने।

वे दोनों भी बहुत खुश थे। उन्हें केवल इतना पता था कि उनके जीवन में एकाएक ही कोई परिवर्तन हो गया है। अब उन्हें आकाश और भी गहरा नीला दिखाई देने लगा था—सागर और भी सुंदर लग रहा था। और ऊपर वृक्षों के पक्षी भी उनकी खुशी में खुश थे।

# इकतीस

एक दिन डिकी अपनी झोपड़ी के पास वाले वृक्ष पर चढ़ा हुआ था। उसने देखा उनकी चिड़िया 'कोको' अपने घोंसले पर बैठी हुयी है। उसने उसे उड़ा दिया। घोंसले में उसे कई हल्के हरे रंग के अंडे दिखाई दिये। बिना उन्हें छेड़े हुये वह नीचे उतर आया और 'कोको' फिर उड़कर अपनी जगह पर बैठ गयी। यदि और किसी स्थान पर कोई आदमी ऐसा करता तो चिड़िया अवश्य ही डर जाती पर इस द्वीप पर वे सब ऐसी निडर हो गयी थीं कि उसे लगा ही नहीं कि कोई बात हो गयी है। कभी-कभी तो वह एमी के पीछे-पीछे जंगल तक चली जाती थी। कभी उसके सिर पर बैठ जाती तो कभी कंधों पर।

दिन बीतते गये। अब डिकी परेशान न रहता था। दिन भर इधर-उधर घूमना भी उसने कम कर दिया था। उसे लगता था कि जितना सुख उसे यहाँ मिल रहा है दुनिया में किसी को न मिला होगा। उन लोगों ने अपना घर भी अब खूब सजा लिया था। अपनी झोपड़ी पर नीले फूलों वाली लताएँ चढ़ा ली थीं। झोपड़ी के सामने छोटा-सा बाग लगा लिया था। अभी तक एमी अकेली ही खाना बनाती थी। अब डिकी भी उसे मदद करने लगा। अब वह पहले की तरह चुपचाप न रहता था। एमी को बहलाने का प्रयत्न करता था। एमी भी अब उससे खूब बातें करने लगी। वह परियों के बारे में घंटों डिकी से बातें करती रहती। डिकी बैठा-बैठा उसकी बातें सुना करता था। उसकी बातों में उसे सुख मिलता था। कभी-कभी वह देर तक बैठा-बैठा एमी को देखता रहता। अब वह उसे बहुत सुंदर लगने लगी थी। उसके घने काले बालों को हाथ में लेकर खेलता रहता। कभी अपने पास खींचकर उसे इस प्रकार सूँघता मानों कोई ताजा गुलाब का फूल हो।

डिकी उसके छोटे, सफेद सीप जैसे कानों से ही खेलता रहता कभी पकड़कर

खींच देता, तो कभी मरोड़ देता। उसके अंग-अंग को देखता रहता था और उसकी सुंदरता की प्रशंसा करता रहता था। और एमी चुपचाप लेटी हुयी पता नहीं किस सोच में खोई रहती। कभी-कभी अचानक उठ बैठती और डिकी के गले में बाँहें डाल देती। डिकी उसे प्यार से चूम लेता। उस सुनसान द्वीप पर उनकी खुशी देखने वाला, रंग-बिरंगे पक्षियों के सिवा कोई न था। डिकी अब भी कुछ समय मछली पकड़ने में लगाता था। उसने अपनी झोपड़ी फिर से नयी कर ली थी। अब वह पहले से मजबूत हो गयी थी। जंगल से कुछ फलों के बीज लाकर उसने झोपड़ी में बो दिये थे। कभी-कभी वे उसी घाटी में पहुँच जाते और सारी शाम वहीं बैठकर बातें करने में बिता देते थे। एक दिन वृक्ष के ऊपर से अजीब सी आवाज सुनकर वह ऊपर चढ़ गया। उसे जान पड़ा कि आवाजें घोंसले में से आ रही हैं। उस समय 'कोको' वहाँ नहीं था। उसने देखा घोंसले में चार छोटे-छोटे चिड़ियों के बच्चे चोचें फैलाकर चिल्ला रहे थे। उसने सोच लिया कि अवश्य ही ये उन्हीं हरे अंडों में बंद रहे होंगे। तभी कोई चीज उसके गाल से टकरा गयी। उसने देखा 'कोको' अपने बच्चों के लिये दाना लेकर आयी थी। डिकी ने अपना सिर हटा लिया और 'कोको' अपने बच्चों को दाना खिलाने लगी।

# बत्तीस

कई महीने बीत गये। अब उस वृक्ष पर केवल 'कोको' ही रह गयी थी। उसकी साथिन और बच्चे उड़ गये थे। वृक्ष के पत्ते भी झड़ गये थे। नयी पत्तियाँ निकलने लगी थीं।

डिकी को अब तक झील के सब स्थानों का पूरा ज्ञान हो गया था। उसे मालूम था कि कहाँ सबसे अधिक मछलियाँ मिलेंगी, कहाँ पर झील अधिक गहरी है और कहाँ इतनी कम कि आसानी से पैदल ही पार करके चट्टानों तक पहुँचा जा सकता है। एक दिन सुबह डिकी मछली पकड़ने का सब सामान इकट्ठा कर रहा था इसके लिये लगभग दो मील द्वीप से दूर जाना पड़ता था। एमी एक ओर बैठी हुयी अपनी माला बना रही थी। इस माला का अपना महत्त्वपूर्ण इतिहास है। एक दिन ज्वार के उतार के समय, झील के किनारे डिकी को घोंघे और सीप पड़े हुये मिले। उसने एक सीप खोलकर देखी, उसमें एक सफेद चमकदार बड़ा सा मोती था। यद्यपि वह उसका मूल्य न जानता था, फिर भी वह उसकी सुदंरता से प्रभावित हुये बिना न रह सका। सब सीपें वहीं छोड़कर वह मोती एमी को दिखलाने के लिये घर ले आया। दूसरे दिन वहाँ जाकर उसने देखा कि सब सीपें धूप में सूख कर चिपक गयी थीं। उसने और भी सीपें खोलकर देखीं। उनमें से कई में उसी प्रकार के मोती निकले। उस दिन भी वह लगभग तीस-बत्तीस सीपें निकालकर सूखने के लिये छोड़ आया। इन मोतियों से वह एमी के लिये माला बनाना चाहता था। पहले छोटे-छोटे घोंघे पिरोकर उसने एक माला एमी के लिये बनायी थी। मोती इकट्ठा करने में उसे लगभग चार महीने लग गये। सब मोतियों को बड़ी सी सुई से छेदकर तथा माला बनाकर उसने एमी को दे दी। उस दिन वे दोनों बहुत खुश थे। हार के सब मोती बड़े-बड़े थे। छोटे मोतियों को बेकार

समझकर वह फेंक देता था। अधिकतर मोती चमकदार सफेद थे, कुछ गुलाबी और काले रंग के भी थे। इस माला का मूल्य लगभग बीस हजार पौंड रहा होगा। उसी माला के मोतियों को दोहरे तागे में पिरोकर एमी ने अभी-अभी खत्म किया था। वह आज-कल बहुत पीली पड़ गयी थी। उसकी तबियत ठीक न लग रही थी। रात उसने बहुत परेशानी से बितायी थी।

डिकी जब सब सामान लेकर चलने लगा तो हाथ के इशारे से एमी ने उसे अपने पास बुलाया। और दिनों की भाँति वह उसके पीछे-पीछे न जा सकी। वहीं झोपड़ी के द्वार पर बैठे-बैठे ही उसने डिकी को बिदा दी, और जब तक वह आँखों से ओझल न हो गया, एकटक उसी ओर देखती रही।

इस ओर जंगल बहुत घना था। लंबे-लंबे वृक्षों और उसमें गुँथी हुयी लताओं के कारण चलने में भी बड़ी कठिनाई होती थी।

घास पर फर्न घुटनों के ऊपर तक थे। जंगल घना होने के कारण हवा का नामोनिशान भी न था। बहुत गर्मी लग रही थी। ऐसे स्थान पर कोई भी डर सकता था। परंतु डिकी इसका आदी हो गया था। करीब पौन घंटा उसी घने जंगल में चलने के बाद खुली जगह आ गयी। डिकी ने चैन की साँस लीं। जब वह झील के किनारे पर पहुँचा तो ग्यारह बज चुके थे। पानी का बहाव इस समय काफी था। ज्वार बढ़ रहा था। अपने साथ वह कुछ खाना भी लाया था। एक पेड़ के नीचे खाना रखकर वह बंसी डालने के लिये स्थान देखने लगा। झील के किनारे ही एक छोटा सा नारियल का वृक्ष झील की ओर झुका था, वही स्थान उसने उपयुक्त समझा। उसके पतले तने से उसने बंसी बाँध दी।

उसने एमी से वादा किया था कि वह सूर्यास्त होने से पहले ही वापस आ जायेगा। उसे मछली पकड़ना बहुत अच्छा लगता था। पिछली बार उसने एक प्रकार की बहुत बड़ी मछली पकड़ी थी। यह मछली यद्यपि खाने के योग्य नहीं होती फिर भी डिकी बहुत देर तक उससे खेलता रहा।

अब ज्वार उतार पर था। यही समय मछली पकड़ने के लिये सबसे अच्छा होता है। इस समय हवा बिल्कुल बंद थी। झील शांत थी। बंसी डालकर वह किनारे पर बैठा हुआ एमी के बारे में ही सोच रहा था। लगभग तीन घंटे इसी प्रकार बैठा रहा परंतु कोई मछली हाथ न लगी। बंसी छोड़कर वह पेड़ के नीचे आकर खाना खाने लगा। इसी बीच एक बार वह छोटा नारियल का वृक्ष झील की ओर झुक गया। वह उसी प्रकार बैठा हुआ देखता रहा। थोड़ी ही देर में वह

फिर सीधा हो गया। तब उसने उठकर देखा कि बंसी का काँटा खाली था। परंतु उसे गुस्सा नहीं आया, उसने फिर से काँटा डाल दिया। सूरज डलने लगा था। डिकी बिलकुल ही भूल गया था कि उसने एमी से सूर्यास्त के पहले ही पहुँचने का वादा किया था। एकाएक जंगल में से उसे एमी की आवाज सुनाई दी। वह उसे पुकार रही थी।

# तैंतीस

आवाज सुनते ही डिकी बंसी छोड़कर उसी ओर को चल दिया परंतु उसे कोई भी न दिखाई दिया। उसने कई बार एमी को पुकारा भी परंतु कोई उत्तर न आया। उसी की आवाज गूँजकर वापस आ गयी। उसने सोचा शायद उसे धोखा ही हुआ हो। सूर्यास्त हो रहा था। उसने बंसी निकाल ली और हाथ में माला लेकर घर की ओर वापस चल पड़ा। आधे रास्ते में एकाएक उसने सोचा कि एमी किसी मुसीबत में तो नहीं पड़ गयी ? यदि उसे कुछ हो गया तो ?—इस बात ने उसे बहुत डरा दिया। इन्ही विचारों में वह खुले हुये स्थान पर पहुँचा। अब उसने तेजी से कदम बढ़ाये। सूर्यास्त हो गया था, परंतु आकाश पर अभी भी लाली छाई हुयी थी। पेड़ों की छाया में बनी हुयी उसकी झोपड़ी धुँधली सी दिखाई देने लगी थी।

रोज की तरह आज उसे एमी द्वार पर स्वागत करती न दिखाई दी। आज वह उसकी राह क्यों नही देख रही है ? इस विचार से डिकी परेशान हो गया। घर पहुँचकर उसने देखा एमी अंदर भी न थी। उसकी समझ में न आ रहा था कि क्या करना चाहिए और उसे कहाँ खोजना चाहिए।

बटन की मृत्यु के बाद से अक्सर ही एमी को सिर में दर्द का दौरा-सा उठता था। जब दर्द ज्यादा होता तो वह जाकर किसी झाड़ी या वृक्ष के नीचे एकांत में बैठ जाती थी। डिकी उसे हर जगह खोजता-फिरता और आवाजें देता। तब कहीं से हल्की सी आवाज आती "मैं—यहाँ हूँ" यह याद आते ही डिकी जंगल के किनारे-किनारे उसे पुकारता घूमने लगा। परंतु आज उसे कोई उत्तर न मिला। वह उसे खोजता हुआ दूर तक चला गया। परंतु एमी की ओर से कोई उत्तर न मिला। थककर वह धीरे-धीरे झोपड़ी की ओर लौटने लगा। अँधेरा हो रहा था। आकाश पर तारे निकलने लगे थे। वह झोपड़ी के द्वार पर ही बैठ गया।

घुटनों में सिर छिपाकर वह दुःख से रोने लगा। उसे अब भी एमी की वही आवाज सुनाई दे रही थी जो उसने मछलियाँ पकड़ते समय झील के किनारे पर सुनी थी। उसने सोचा अवश्य ही वह किसी आफत में फँस गयी है। तभी उसने इस तरह पुकारा था। उसने एक बार फिर सिर उठाकर इधर-उधर गौर से देखा, परंतु कोई न दिखाई दिया। तब वह उठ खड़ा हुआ और तेजी से नाव की ओर चल दिया। यद्यपि वह जानता था कि चट्टानों की ओर वह कैसे जा सकती है ? फिर भी वह नाव को उसी ओर ले चला।

आज आकाश में चाँद न था। तारे टिमटिमा रहे थे। चारों ओर घना अंधकार था। लहरों की गरज के सिवा और कोई आवाज भी न सुनाई दे रही थी। कुछ देर वह चट्टान पर खड़ा रहा और फिर धीरे-धीरे नाव की ओर चल दिया।

झोपड़ी में वापस आकर उसने फिर एमी की खोज की। सोचा शायद वापस आ गयी हो। परंतु वहाँ कोई न था द्वार पर ही नारियल के छिलके का कटोरा पड़ा हुआ था जिसे उसने चलते समय एमी के हाथ में देखा था। वह और भी दुखी हो उठा। अंत में हारकर वह झोपड़ी के बाहर ही जमीन पर लेट गया और विचारों में खो गया।

सुबह आँख खुलने पर उसने अपने को उसी हरी-भरी घाटी में देवमूर्ति के पास पड़ा हुआ पाया। शायद वह रात भर नींद में भी उसे खोजता रहा था। वह उठकर उदास मन से झोपड़ी की ओर चल पड़ा। झोपड़ी देखते ही फिर उसकी आँखों में आँसू आ गये। अंदर जाने का मन न हुआ। थका हुआ-सा सिर झुकाकर दरवाजा पर ही बैठ गया। जब उसने सिर उठाया तो दूर वृक्षों के बीच एमी दिखाई दी। वह उसी तरफ आ रही थी।

# चौंतीस

डिकी उठकर तेजी से उसकी ओर दौड़ पड़ा। वह बहुत घबराई हुयी और पीली-सी लग रही थी। उसके हाथों में कपड़े में लिपटी हुयी कोई चीज थी।

डिकी ने पास पहुँचकर एमी को प्यार करना चाहा ही था कि उस कपड़े में कुछ कुलबुला उठा। एमी ने धीरे-से थोड़ा-सा कपड़ा हटा दिया और डिकी एक छोटा-सा लाल मुँह देखकर आश्चर्यचकित हो गया। उसकी चमकदार नीली आँखें, छोटी-सी नाक, लाल होंठ और काले नर्म बालों को वह एक क्षण को देखता ही रह गया। तभी उसने आँखें बंद कर लीं और मुँह बनाकर धीरे-धीरे दो बार छींका।

''यह तुम्हें कहाँ मिला ?''

''मैंने इसे जंगल में पाया'' एमी ने उसका मुँह कपड़े से ढँकते हुये कहा। वह बहुत थकी हुयी-सी जान पड़ती थी। धीरे से जाकर दीवार से सिर टिका कर बैठ गयी।

''मुझे इतनी घबराहट और परेशानी हो रही थी कि मैं उठकर जंगल की ओर चली गयी थी। उसके बाद कुछ नहीं मालूम कि क्या हुआ? जब मैं होश में आयी तो यह वहाँ पड़ा हुआ था।'' एमी बोली।

''यह तो बच्चा है!'' डिकी बोला।

''मुझे मालूम है!'' एमी ने कहा। उसकी आँखों के आगे श्रीमती जेम्स के बच्चे की शक्ल आ गयी जिसे उसने वर्षों पहले देखा था। एमी ने धीरे-से उसे एक ओर लिटा दिया और आँख बंद करके बैठ गयी। डिकी ने उठकर आग जलाई और जल्दी-जल्दी मछली पकाने लगा। दो चौड़े पत्तों पर मछली, केले इत्यादि रखकर एमी के पास ले आया और पहले उसे ही खिलाने लगा, यद्यपि उसने खुद कल से कुछ नहीं खाया था। उन लोगों ने अभी खाना समाप्त भी न किया था कि

बच्चा रोने लगा। शायद उसे भी भोजन की आवश्यकता थी। एमी ने उसके मुँह पर से कपड़ा हटा कर देखा तो उसका मुँह भी खुला हुआ था और रोने के कारण आँखों में आँसू आ गये थे। एमी ने अपनी उँगली उसके होंठों पर लगाई तो वह उसे चूसने लगा। वह डिकी की ओर देख रहा था। डिकी ने उठकर एक केला छीला और बच्चे के मुँह से लगा दिया और उसने उसे भी चूसने का प्रयत्न किया पर सफल न हो सका।

"अच्छा एक मिनट ठहरो!" डिकी बोला। एक कच्चे नारियल का छिलका उतार कर उसने एक ओर छेद किया और बच्चे के मुँह से लगा दिया। भूखा होने के कारण बच्चा जल्दी-जल्दी उसे पीने लगा, परंतु एकाएक सब पलट दिया। एमी ने घबराकर उसे सीने से लगा लिया। बच्चा मानों राह ही देख रहा था। वह एमी के स्तन पर जोंक की तरह चिपक कर उसे चूसने लगा। शायद अपने भोजन के बारे में उन दोनों से उसे कहीं अधिक जानकारी थी।

# पैंतीस

दोपहर में जब झील के पानी में कुछ गर्माहट आ जाती थी, तो वे बच्चे को नहलाने के लिये ले जाते। पहले तो कुछ दिन नहलाते समय वह चिल्लाने लगता था परंतु अब वह भी बहुत खुश होता था। एमी उस पर धीरे-धीरे पानी डालती जाती और वह खुशी से हाथ-पैर चलाता रहता। जब वह उसकी पीठ धोने लगती तो वह चट्टानों को ऐसी बारीक नजर से देखता मानों उनका अध्ययन करना चाहता हो।

डिकी घुटनों के बल बैठकर उन दोनों को ध्यान से देखता रहता था। वह सोचता कि अभी एक सप्ताह पहले तो हम दो ही थे और अब पता नहीं कहाँ से यह छोटा बच्चा आ गया है। लगभग एक सप्ताह में वह और भी सुंदर लगने लगा। अब वह बंदर की तरह लाल और बदसूरत न लगता था। पहले से तंदुरुस्त हो गया था, इधर-उधर की वस्तुएँ देखने का भी प्रयत्न करता था। उसके दाँत नहीं थे। काले-काले नर्म बाल थे। वह लेटे-लेटे बराबर हाथ-पैर चलाया करता था। मुट्ठियाँ बाँधकर कभी मुँह में भर लेता तो कभी अपने ही पेट पर मारने लगता था। कभी पैर उठाकर मुँह तक ले जाने का प्रयत्न करता था।

''हम लोग इसे क्या कहा करें!'' उसके खेल देखते हुये डिकी ने पूछा।

''हन्ना!'' एमी ने तुरंत ही उत्तर दिया। उसके मन में अब भी बटन की बताई हुयी बातें थीं। उसे उस बच्चे की याद आ गयी जिसके बारे में बटन उनको बताया करता था।

''कोको' भी इस नये जीव के आगमन से बहुत खुश थी। वह उसके आस-पास ही फुदकती रहती थी और 'हन्ना' पेट के बल खिसक-खिसककर उसकी पूँछ पकड़ने की कोशिश करता था। इधर कुछ ही महीनों में वह काफी तंदुरुस्त हो गया था। कभी-कभी वे तीनों मिलकर बच्चों की तरह ही खेलते थे। आगे-आगे

डिकी घुटनों के बल भागता और 'हन्ना' उसके पीछे भागकर पकड़ने का प्रयत्न करता। कभी-कभी वे दोनों काफी देर तक 'हन्ना- के जन्म के विषय में सोचा करते। तरह-तरह की कल्पनाएँ करते थे। वे कभी बटन की मृत्यु के बारे में सोचते 'हन्ना' के जन्म के बारे में सोचते ही उन्हें डर लगता था। एक दिन 'हन्ना' बहुत परेशान-सा था और अपना अँगूठा मुँह में रखकर काटने का प्रयत्न कर रहा था। एमी ने उसका मुँह खोलकर देखा तो सफेद चावल के दाने की तरह कोई चीज उसके मसूढ़े पर दिखाई दी। अब उसके दाँत निकलने लगे थे। कुछ ही दिनों में उसने केले खाना शुरू कर दिया। अब जब एमी उसे नहलाने के लिये झील पर ले जाती तो उसके पैर पानी में लटका देती और 'हन्ना' प्रसन्नता से पानी में पैर चलाता और पानी उछाल कर बड़ा प्रसन्न होता था। वह खूब किलकारियाँ मारने लगता था। अब वह डिकी और एमी को पहचान लेता था। एमी से मनचाही चीज मिल जाने पर वह डिकी की ओर बाहें फैला देता और उसकी गोदी में कूदने का प्रयत्न करने लगता।

''कोको' को वह अपना मित्र समझता था। परंतु यदि और कोई चिड़िया उसके पास आ जाती तो वह चिल्लाने लगता था। उसे रंगीन चीजें पसंद थीं। गहरे रंग के फूलों पर झपटता था। जब वे नाव पर बैठाकर घुमाने के लिये ले जाते थे तो उसकी खुशी का ठिकाना न रहता। उनकी गोदी से उछलने लगता और पानी में कूदने की कोशिश करने लगता। एक दिन वे लोग झील पर घूमने गये। नाव धीरे-धीरे अपने आप ही बह रही थी। हन्ना, एमी के घुटनों पर कूद रहा था। एकाएक उसने अपने हाथ डिकी की और फैला दिये और बोला—'डिकी' यही पहला शब्द था जो हन्ना ने अपने मुँह से निकाला।

डिकी ने झपटकर उसे ले लिया और प्यार से उसे चूमने लगा। आज वह बहुत खुश था और उसका प्यार हन्ना के लिये एमी से भी अधिक बढ़ गया।

# छत्तीस

इतने वर्षों तक इस एकांत द्वीप में रहने पर भी निडर होने के बजाय एमी में एक प्रकार का डर समा गया। वह यहाँ का प्रत्येक वस्तु अविश्वास की दृष्टि से देखती थी। वह सोचती थी कि पता नहीं कब क्या हो जाये ? इस द्वीप पर पहले भी कई बार आँधी और तूफान आ चुके थे। एमी को मालूम था कि तूफान के पहले कैसा वातावरण होता है। पहले वातावरण में अजीब शांति छायी होती। सूर्य अधिक चमकीला निकलता और झील का पानी गहरा नीला हो जाता। एकाएक जैसे कोई पागल दौड़ता हुआ आकर उद्यम करने लगता। सूर्य धुँधला हो जाता। वायु का वेग बढ़ जाता। लंबे-लंबे वृक्ष पृथ्वी पर लोटने लगते। झील को मानों कोई दानव, हाथ डालकर मथने लगता। उस रात हवा सो रही थी। डिकी झील की ओर गया हुआ था। एकाएक तेजी से दौड़ता हुआ वापस आया और एमी को अपने पीछे आने का इशारा करके फिर झील की ओर चल दिया। एमी समझ गयी कि अवश्य ही झील में कोई आश्चर्यजनक घटना हुयी है। पास पहुँचकर उसने देखा झील इतनी चमक रही थी मानों पानी में आग लगी हुयी हो। और झील के बीच फास्फोरस की आग-सी लगी हुयी हो। और झील की एक-एक चीज साफ नजर आ रही थी। हर एक मूँगे की चट्टान दमक रही थी। हर एक मछली मानों खुद एक टार्च हो। झील का तल चमक रहा था।

"देखो !" डिकी ने कहा।

उसने आगे झुककर अपना हाथ पानी में डाल दिया। पानी के अंदर ऐसा लगा मानों उसका हाथ जलने लगा। हाथ बाहर निकालने पर भी वह चमकदार ही बना रहा। एमी भी घुटनों के बल बैठ गयी और उसने भी अपने हाथ पानी में डाल कर उतने ही चमकदार बना लिये। अपने हाथ देखकर वह खुशी से बच्चों की तरह चीख उठी। डिकी ने अपना मुँह भी चमकदार बना लिया।

"अरे रुको !" कहता हुआ डिकी झोपड़ी की ओर दौड़ा और दो मिनट में हन्ना को लेकर वापस आया। हन्ना को एमी की गोद में लिटाकर वह नाव खोलने लगा। वे सब नाव पर बैठ गये। चप्पू भी जितनी दूर पानी में डूबे चमकीले हो गये। झील में चाँदी के समान चमकती हुयी मछलियाँ खेल रही थीं। मूँगे की चट्टानें चमक रही थीं। हन्ना भी यह आश्चर्यजनक दृश्य देखकर किलकारियाँ मारने लगा। चट्टानों के पास पहुँचकर डिकी ने नाव रोक दी और वे सब उतर पड़े। समुद्र बर्फ के समान सफेद और चमकदार था। वे एकाएक झील का दृश्य देख ही रहे थे कि अकस्मात् समुद्र में कंपकंपी-सी हुयी और वह आग गायब हो गयी। चाँद निकल रहा था और समुद्र की सतह के ऊपर आ गया था। वातावरण शांत था। ठंढी हवा का झोंका लगते ही उन दोनों की जैसे नींद टूट गयी। वापस जाने के लिये वे नाव की ओर चल दिये।

# सैंतीस

दूसरे दिन सुबह हो जाने पर भी अँधेरा छाया हुआ था। चारों ओर आकाश में घने बादल थे। हवा का कहीं नामो-निशान भी न था। पक्षियों की बेचैनी देखकर लगता था कि उन्हें आने वाली दृर्घटना का आभास हो गया था।

डिकी आग जलाकर नाश्ता तैयार करने लगा। एमी बच्चे को गोदी में लेकर इधर-उधर टहलने लगी। अँधेरा और भी घना होता चला गया। दूर क्षितिज तक भी ऐसे ही घने बादल थे। वातावरण में अजीब घुटन-सी थी। एकाएक हवा जोर से चलने लगी। वृक्ष इधर-उधर हिलने लगे। पत्तियों की खड़खड़ाहट इतनी बढ़ गयी कि जान पड़ता था, जोर से वर्षा हो रही है। आँधी आने वाली थी परंतु इस बार कुछ दूसरी तरह की थी। हवा का वेग बढ़ता जा रहा था दूर कहीं से भनभनाहट की आवाज सुनाई दे रही थी मानों बहुत से लोग एक जगह पर एकत्रित हों और शोर भी हो रहा हो। थोड़ी देर में इतनी जोर से आँधी आयी कि पत्तियों की खड़खड़ाहट, वृक्षों के गिरने की आवाज और लहरों की गरज के सिवाय कुछ न सुनाई दे रहा था। हवा पश्चिम से आ रही थी। इतनी तेज कि शरीर पर तीर जैसी लगती थी। घने बादल तेजी से पूर्व की ओर इस प्रकार जा रहे थे जैसे कोई पहाड़ी नदी शोर मचाती हुयी बह रही हो। अब फिर दूर से आती हुयी भनभनाहट की आवाज सुनाई देने लगी। यह वायु वेग के कारण अशांत सागर से आती हुयी आवाज थी। लहरों पर घना झाग था।

एमी आश्चर्यचकित-सी, घबराई हुयी, घास पर बैठ गयी। हन्ना अब भी गहरी नींद में सो रहा था। एमी ने उसे कसकर चिपटा लिया। डिकी भी घबराया हुआ था। परंतु वह अपने को सँभाले हुये था। इतना सुंदर द्वीप एक क्षण में ही नष्ट-भ्रष्ट हो गया था। सारी सुंदरता गायब हो गयी थी। नारियल के लंबे-लंबे पेड़ हवा के झोंकों से बिखर गये थे।

भाग्यवश उनकी झोपड़ी ऐसे सुरक्षित स्थान पर बनी हुयी थी कि उस पर अब तक आँधी का कोई असर न हुआ था। एकाएक बिजली की चमक और बादलों की गरज के साथ जोरों की वर्षा शुरू हो गयी। ऐसा लगता था कि बादलों ने फट कर पानी की धार के लिये स्थान छोड़ दिया है। डिकी भी घबराकर एमी के पास बैठ गया। बच्चा भी बादलों की गरज से जाग गया था। लगभग एक घंटा इसी प्रकार वर्षा होती रही। कभी-कभी भयानक चीख के साथ हवा का झोंका चक्कर लगाता हुआ ऊपर से निकल जाता था। धीरे-धीरे वर्षा का वेग कम हो चला। हवा भी धीमी पड़ गयी। हल्का-सा उजाला भी फैल गया। लगता था सुबह होने वाली है।

"तूफान समाप्त हो गया!" कहते हुये डिकी ने उठने का प्रयत्न किया।

"अरे सुनो !" कहते हुये एमी डिकी से चिपक गयी। उसे लग रहा था कि अभी कोई भयानक घटना होने वाली है।

दूर से एक अजीब से आवाज सुनाई दे रही थी। अब चक्रवात का केंद्र उस द्वीप के पास पहुँच रहा था। चक्रवात एक प्रकार का चक्करदार बवंडर होता है। यह बड़ी तेजी के साथ उठता है। उसकी गति भी बहुत तेज होती है। परंतु इसका केंद्र बिलकुल शांत होता है।

धीरे-धीरे वह आवाज बढ़ती जा रही थी। एकाएक कानों के परदे फाड़ देने वाली भयानक आवाज हुयी और वृक्ष टूट कर गिरने लगे। एक क्षण में ही उनकी छोटी से झोपड़ी टूट गयी। वे दोनों भय के कारण बेहोश हो गये। जब होश आया तो देखा कि द्वीप में शांति थी। चक्रवात का केंद्र इस समय द्वीप के ऊपर से गुजर रहा था। आकाश में पक्षी उसी शांत केंद्र में उपस्थित होकर घूम रहे थे। उनके चारों ओर भयंकर आँधी थी परंतु केंद्र में वे सुरक्षित थे। मानों उन्हें एक शीशे के गिलास में कैद कर दिया गया है। एकाएक फिर आँधी शुरू हो गयी और द्वीप में फिर वही अशांति आ गयी। अब चक्रवात का दक्षिणी-पश्चिमी भाग द्वीप के ऊपर से निकल रहा था। कई घंटों तक इसी प्रकार की तेज आँधी के बाद वायु का वेग कम हुआ। अब तक काफी रात बीत चुकी थी।

दूसरे दिन सुबह आकाश बिलकुल साफ था। झोपड़ी बिलकुल टूट-फूट गयी थी। अनेकों वृक्ष जमीन पर गिर गये थे। मरे हुये पक्षी इधर-उधर पड़े थे। झील का पानी गंदला-सा लग रहा था। चट्टानों पर मोटा झाग जम गया था।

# अड़तीस

पहले तो उन लोगों ने समझा कि वे बिल्कुल बरबाद हो गये और उनके पास कुछ भी न बचा है। परंतु बहुत खोजने पर उन्हें एक पुराना आरा और एक चाकू एक वृक्ष के नीचे पड़े मिले मानों उन दोनों ने तूफान के डर से साथ-साथ भागने का प्रयत्न किया था परंतु सफल न हो सके। धीरे-धीरे उन्हें खोजने पर अपनी और कई चीजें मिल गयीं। मछली के काँटों का डिब्बा एक वृक्ष की जड़ों में आधा घुसा हुआ मिला। कई कपड़े वृक्षों से लिपटे हुये मिले। आँधी के समय एमी को लग रहा था कि हवा के तेज झोंके हन्ना को उससे दूर कर देंगे। उसे लगता था कि शायद आँधी इसीलिये आयी है। उनकी नाव आँधी के पहले ही झोंके से डूबकर किनारे के पास ही मिट्टी में घुस गयी थी। इसी कारण वह टूटने से बच गयी थी। दूसरे दिन डिकी ने सुबह ही नाव निकाल ली। साफ करने पर वह बिलकुल ठीक तैरने लगी। परंतु जंगल में वृक्षों की बड़ी दुर्दशा हुयी थी। बिना वहाँ तक गये कोई देख नहीं सकता था कि आगे क्या है। कूद-फाँद करके ही उनके ऊपर से निकला जा सकता था। सबसे अधिक दुर्दशा नारियल के वृक्षों की हुयी थी। छोटे-बडे सब तरह के नारियल पृथ्वी पर इधर-उधर बिखरे पड़े थे।

द्वीप भर में अजीब सी सुगंध आ रही थी, पानी के भीगे हुये वृक्षों और सुगंधित फूलों की।

जंगल में कितने ही पक्षी इधर-उधर मरे हुये पड़े थे। रास्ते में कितने ही चिड़ियों के पंख, तितलियाँ और कीड़े-मकोड़े बिछे हुये थे। दूसरे दिन वे दोनों जंगल में इधर-उधर घूमते रहे। एमी बहुत प्रसन्न थी। उसे लग रहा था कि ईश्वर ने ही उन्हें और हन्ना को इस भयानक तूफान से बचा लिया है। और सचमुच ही उस द्वीप में केवल वे ही सुरक्षित थे। उनका घर टूट गया था, वृक्ष गिर गये थे। उनके पास आग जलाने के लिये कोई साधन न बचा था। परंतु चक्रवात ने उन पर बड़ी दया की थी। यह शायद उनके भाग्य के कारण ही था।

# उनतालीस

दूसरे दिन सुबह से ही डिकी ने झोपड़ी बनाने का काम शुरू कर दिया। तब तक के लिये उसने एक पाल गाड़कर तंबू बना लिया था। जंगल से बाँस काटकर वहाँ तक लाना बड़ी मेहनत का काम था। एमी इस काम में उसकी मदद कर रही थी। हन्ना घास पर बैठा हुआ कोको के साथ खेल रहा था। कोको तूफान के समय गायब हो गया था पर आज सुबह से ही हन्ना का जी बहला रहा था। उन दोनों में गहरी दोस्ती हो गयी थी। अब तो यदि हन्ना उसे पकड़ने का भी प्रयत्न करता था तो वह चुपचाप रहता था, शायद उसे मालूम था कि हन्ना उसे कोई नुकसान नहीं पहुँचायेगा।

हन्ना बहुत बुद्धिमान और चतुर था, यद्यपि वह बोलता कम था। कोई बात समझने का उसका अपना अलग ही ढंग था। उसकी आँखें इतनी चमकदार थीं जैसे कोको की। जब वह प्रसन्न होता था तो खास ढंग से हाथ-पैर फेंकने लगता था। यद्यपि वह नाराज कम होता था फिर भी जब कभी होता था तब बहुत परेशान करता था। अब उसका कुछ खेलने का जी होता था। उनके पास न तो रबर के कुत्ते, बिल्ली थे और न लकड़ी के मेमने। एमी की गुड़िया भी द्वीप के दूसरे भाग में ही खो गयी थी। एक दिन डिकी ने उसे रेत पर पड़ी हुयी देखा तो उठा लाया और अपनी झोपड़ी में सजा दिया। हन्ना उससे खेलना नहीं पसंद करता था। उसे तो चमकदार, गहरे रंग के फूल या घोंघे पसंद थे।

जब उनकी झोपड़ी लगभग तैयार हो गयी तो एक दिन वे जंगल की ओर गये। एमी की गोद में हन्ना था। वे उसी हरी-भरी घाटी की ओर जा रहे थे। अब एमी को वह देवमूर्ति भयानक नहीं लगती थी। उसी की छाया में एमी को डिकी का प्यार मिला था। वहीं पर हन्ना की आत्मा ने उसमें प्रवेश किया था। पता नहीं कैसे ? उसे अब मूर्ति पर श्रद्धा हो गयी थी। वहाँ पहुँचकर उन लोगों ने देखा कि वह डरावनी मूर्ति मुँह के बल पृथ्वी पर पड़ी हुयी थी। उस भयंकर तूफान और वर्षा ने उस देवमूर्ति को भी नहीं बख्शा था।

# चालीस

सुबह पत्तियों से छनकर आता हुआ प्रकाश देर से आता था। पहले वे लोग द्वीप के पूर्वी भाग में रहते थे। उस ओर सुबह जल्दी होती थी और किसी भिन्न प्रकार से पृथ्वी पर आती थी। द्वीप के दूसरे भाग में सुबह की सुंदरता देखने योग्य थी। इसके पहले की पूर्व दिशा में लाली आये, दूर समुद्र की सतह पर लाली आने लगी थी और आकाश का रंग बदलने के पहले ही सागर में मानों आग सी लग जाती थी। आकाश का रंग चमकदार और गहरा नीला हो उठता था। जब सूर्य ऊपर चढ़ता तो, झील का साफ जल उसकी किरणों द्वारा जगमगा उठता था और चमचमाती किरणें इठालती हुई, छोटी-छोटी लहरों को पकड़ने का प्रयत्न करती परंतु लहरें दौड़कर आगे निकल जातीं और किनारे की शरण में आने का प्रयत्न करती थीं। और द्वीप के इस भाग में सुबह का नजारा बिलकुल ही दूसरा था। अभी आकाश में अँधेरा ही होता और तारे टिमटिमाते होते कि एकाएक हल्की ठंढी हवा, पत्तियों से बातें करना शुरू कर देती। वृक्षों की छाया कुछ साफ होने लगती। पत्तियों से छन-छनकर प्रकाश उस छोटे से परिवार तक पहुँचने का प्रयास करता। आकाश पर हल्का नीला परदा सा पड़ जाता और तारे इधर-उधर छिपने के लिये जगह खोजने लगते। लहरों का शोर कम हो जाता और सुबह हो जाती।

एमी के साथ-साथ डिकी भी जाग गया। वे लोग उठकर झील के किनारे की ओर चल दिये। डिकी तो पानी में उतरकर तैरने और नहाने लगा। एमी हन्ना को गोद में लेकर किनारे पर ही खड़ी रही। हमेशा की तरह ही आज भी तूफान के बाद मौसम बहुत सुंदर था। चारों ओर मन में स्फूर्ति लाने वाला आनंददायक वातावरण था। हवा से कई प्रकार की मिली-जुली सुगंध आ रही थी। एमी के काले लंबे केश हवा में इधर-उधर लहरा रहे थे। वह हन्ना को गोद में लिये डिकी

का तैरना देख रही थी और बड़ी प्रसन्न हो रही थी। हन्ना को भी गोद से ऊपर उठा-उठाकर डिकी का तैरना दिखा रही थी।

डिकी तैरता हुआ किनारे पर आ गया और शरीर को हवा में सुखाने के लिये दौड़ने लगा। फिर वह नाव के पास जाकर उसकी जाँच करने लगा, क्योंकि आज वह द्वीप के दूसरी ओर केलों की खोज में जाने को सोच रहा था। वह देखना चाहता था कि इस तूफान में केले के वृक्षों का क्या हाल हुआ है। द्वीप उसे अपने निजी घर के समान लगता था। उसका केवल वही एकमात्र स्वामी था। हर वस्तु की जाँच करना चाहता था कि कहाँ क्या नष्ट हुआ है।

वापस लौटकर उन लोगों ने नाश्ता तैयार किया। कल डिकी ने कुछ लकड़ियाँ बीन कर सुखाने के लिये धूप में डाल दी थी, इस कारण आज उनके पास जलाने के लिये लकड़ियों की कमीज थी। नाश्ता करके, डिकी चाकू और भाला लेकर नाव की ओर चल दिया। एमी भी बच्चे को लिये हुये उसके पीछे-पीछे चल दी। जैसे ही डिकी ने नाव खोली, एमी ने उसे रोक दिया।

''डिकी !''

''क्या है ?''

''मैं भी तुम्हारे साथ चलूँगी।''

''तुम !'' आश्चर्य से डिकी बोला।''

''हाँ, मुझे अब डर नहीं लगता!'' एमी बोली, जो सचमुच ही आँधी के बाद से, द्वीप के उस ओर जाने में नहीं डरती थी।

कई वर्ष पहले उसके सामने से एक मनुष्य सदा के लिये दूसरी दुनिया में चला गया था। वह भयानक द्वार सदा के लिये बंद हो गया था। अब वह मनुष्य वापस न आ सकता था। और कुछ दिन पहले एक सुंदर द्वार खुला और एक नये जीव ने उनके जीवन में प्रवेश किया। जहाँ एक दिन किसी के जीवन का अंत हुआ था अब एक नये जीवन ने प्रवेश भी किया था। अब उसको डर न लगता था।

बच्चे को गोद में लिये हुये वह नाव पर बैठ गयी। डिकी ने नाव आग बढ़ा ली। तभी एक और नया यात्री भी आ गया 'कोको'। अक्सर वह उन लोगों के साथ ही चट्टानों की ओर जाता था। एक दो चक्कर उन लोगों के चारों ओर लगाकर वह भी नाव पर बैठ गया। डिकी नाव को झील के किनारे-किनारे ही ले जाने लगा। जब वे मोड़ पर आये तो पानी पर झुकी हुयी एक पेड़ की शाखाएँ उनकी नाव के ऊपर आ गयीं। हन्ना ने हाथ बढ़ाकर उसे पकड़ना चाहा। एमी

ने हाथ बढ़ाकर एक गुच्छा तोड़ लिया गहरे लाल रंग के जहरीले फल लगे हुये थे।

"फेंक दो!" डिकी चिल्लाया।

"अभी एक मिनट में फेंक दूँगी।"

हन्ना उसको देख-देखकर बहुत खुश हो रहा था और अपने हाथ में लेने के लिये उछल-कूद कर रहा था। तभी एकाएक नाव किसी चीज से टकरा गयी। नाव के चारों ओर का पानी मानों उबल रहा था। इस मौसम में मछलियों में खूब लड़ाई होती है। मनुष्यों की तरह उनमें भी प्रेम का आदान-प्रदान चलता है और उन्हें भी मनुष्यों की तरह एक दूसरे से जलन होती है। इस समय दो मछलियाँ आपस में लड़ रही थीं। एक-दूसरे के पीछे भाग रही थीं। एमी भयभीत हो गयी और डिकी से जल्दी नाव चलाने को कहने लगी। इसी बीच में उसने वह बेर का गुच्छा नाव में ही फेंक दिया।

आगे आने पर वह स्थान मिला जहाँ उसने 'एल्बिकोर' से लड़ाई लड़ी थी। वह एमी से उस घटना का वर्णन करने लगा। "मेरे पास यदि एक बड़ा काँटा होता तो मैं 'शार्क' को भी पकड़ लेता" कहकर वह ध्यान से पानी में देखने लगा जैसे उसी को खोज रहा हो।

"उसकी बात मत सोचो डिकी आगे बढ़ो!" कहते हुये एमी ने बच्चे को और भी कसकर सीने से लगा लिया।

जब चट्टानें दिखाई देने लगी थीं। एमी साँस रोककर सिकुड़कर बैठ गयी। अब यहाँ का दृश्य पहले से बहुत बदल गया था। झील पहले से सँकरी लग रही थी। चट्टानें जैसे और पास आ गयी थीं। नारियल के वृक्ष उतने लंबे न लग रहे थे। चट्टान पर दिखाई पढ़ने वाला बिंदु, अब गायब हो गया था, शायद तूफान उसे उड़ा ले गया था।

डिकी ने नाव किनारे पर लगायी। एमी को वहीं बिठाकर खुद केलों के वृक्षों की ओर चल दिया। एमी उसके साथ जाती परंतु हन्ना सो रहा था, इस कारण वह नाव पर ही बैठ गयी।

हन्ना सोते हुये और भी प्यारा लगता था। नींद मानों उसका पीछा ही किया करती थी। अक्सर वह खेलते-खेलते सो जाता था। उसके हाथ में कोई फूल या रंगीन घोंघा होता और मुँह पर हँसी। डिकी ने उनको एक बड़ा सा पत्ता तोड़कर छाया के लिये दे दिया था ताकि वे धूप से बच सकें। वह आज बैठी-बैठी बीती घटनाएँ याद कर रही थी। उसके समाने रंगीन तस्वीरों की तरह घटनाएँ आ-जा रही थीं।

हरे पानी पर तैरता हुआ 'शेनान्दोआ' जहाज का किनारे पर आना, उसका छोटा सा चाय के सेट का डिब्बा, जिसे वह रेतीले किनारे पर रखकर घंटों देखा करती थी। उसे अब भी उस पर बने हुये फूलों के गुच्छे याद आ रहे थे। एक-एक घटना उसके सामने आ रही थी। वे दिन याद करके उसे दुख भी हो रहा था और खुशी भी। उसे लग रहा था कि वह उन दुख भरे दिनों को बहुत पीछे छोड़ आयी है।

एकाएक उसने देखा कि नाव बहकर दूर चली आयी है और नाव तथा रेतीले किनारे के बीच झील का नीला पानी चमचमा रहा है।

# इकतालीस

द्वीप के इस भाग में, जंगल इतना अधिक नष्ट नहीं हुआ था जितना कि उनके रहने के स्थान पर। डिकी ने गिरे हुए केले के वृक्षों से केवल एक-दो गुच्छे काट लिये और अपने कंधों पर लादकर वापस चल दिया। वह अभी कुछ ही दूर आया था कि उसे एमी की आवाज सुनाई दी, उसने देखा कि एमी हाथ हिला-हिलाकर उसे बुला रही है। कुछ दूर जाकर उसने देखा कि नाव किनारे से दूर चली गयी है। एक चप्पू भी पानी पर तैर रहा था। उसने अपना बोझ जल्दी से वहीं जमीन पर फेंक दिया और झील की ओर दौड़ पड़ा और तेजी से पानी में कूद पड़ा। एमी नाव पर खड़ी-खड़ी उसे ही देख रही थी। एमी ने जब देखा कि नाव किनारे से दूर पहुँच गयी है तो उसने चप्पू से नाव खेने का प्रयत्न किया, परंतु हड़बड़ी में एक चप्पू उसके हाथ से छूट गया। अब एक चप्पू से वह नाव खेने में असमर्थ थी। पहले तो उसने सोचा डिकी अभी आता ही होगा परंतु जैसे-जैसे नाव दूर बहती गयी उसका डर बढ़ने लगा। चट्टानें देखकर वह और भी भयभीत हो गयी। तभी उसने देखा कि डिकी वापस आ रहा है। देखकर उसकी जान में जान आयी। उसने जोर से उसे पुकारा। जब डिकी केले वहीं छोड़ कर उसकी ओर दौड़ा तो वह खुशी से चीख उठी। डिकी ने तैरकर चप्पू उठा लिया और नाव की ओर बढ़ने लगा। वह नाव के करीब पहुँच रहा था तभी एमी को किसी शार्क का त्रिकोण के समान सिर दिखाई दिया। यह जीव लगभग चालीस वर्ष से इसी झील में रह रहा था। वह इस झील में ऐसे निडर होकर घूमता था जैसे जंगल में शेर।

एमी उसे देखते ही चिल्ला उठी। उसने उस ओर इशारा किया। डिकी ने पीछे मुड़कर उसे देखा और जल्दी से बढ़कर नाव पर चढ़ने का प्रयत्न किया। एमी ने दूसरा चप्पू हाथ में ले लिया और तीर के समान निशाना लगाकर उस भयानक जीव की ओर फेंका। क्षणभर में ही वह जीव गायब हो गया। डिकी

जल्दी से नाव पर चढ़ गया। परंतु अब दूसरा चप्पू भी खो गया था। अब डिकी के पास कोई चीज न थी जिससे वह चप्पू का काम लेता। चप्पू उनसे छः-सात गज दूरी पर तैर रहा था परंतु उसको उठा कर लाना मौत से खेलना था। अब नाव धीरे-धीरे समुद्र की ओर बढ़ रही थी। कोको भी मानों आने वाली मुसीबत जानता था। उसने परेशानी से नाव के दो-तीन चक्कर लगाये और फिर बेबस सी अपने स्थान पर बैठ गयी।

डिकी अपना सर पकड़े परेशान सा बैठा था। वे किनारे से दूर बहे जा रहे थे। लहरों की गरज अब बढ़ रही थी, परंतु वह कुछ कर न सकता था। उनकी नाव ज्वार के साथ तेजी से बहने लगी। लहरों की गरज से कान फटने लगे, समुद्री चिड़ियाँ मानों उन्हें मुसीबत में देखकर दुःख से रोने लगी थीं। सागर उनको अपनी गोद में लेने के लिये तैयार हो उठा। और एक झटके के साथ उनकी नाव ने झील छोड़कर विशाल सागर में प्रवेश किया।

अब डिकी बेबस-सा एमी के पास बैठ गया। वह हन्ना को कसकर सीने में छिपाये आश्चर्य-चकित सी बैठी थी। कोको ने भी शायद जब देखा कि उसके साथी अब वापस नहीं जा सकते। वह किनारे की ओर उड़ चली।

धीरे-धीरे द्वीप उनकी आँखों से ओझल हो गया। सूर्यास्त हो चुका था। चारों ओर अँधेरा छाने लगा था। आकाश में कहीं-कहीं तारे दिखाई देने लगे थे। दोनों ही चुपचाप एक दूसरे से सटे बैठे थे, हन्ना एमी की गोद में था। उन्हें पता न था कि वे अब कहाँ जा रहे हैं ?

न उन्हें कोई दुख था न कोई डर। वे खुश थे कि वे दोनों साथ-साथ हैं। उन्हें कोई अलग नहीं कर सकता। यदि वे सागर की गोद में भी समा जाएँ, तो भी साथ ही चिरनिद्रा में सोएँगे, इतना उन्हें संतोष था। एकाएक जैसे दोनों के मन में एक साथ विचार आया, वे एक दूसरे की ओर घूम गये और डिकी ने धीरे से अपने होंठ एमी के होंठों पर रख दिये और वे दोनों अचेत से किसी दूसरी दुनिया में पहुँच गये। ऊपर आकाश में तारे झिलमिला रहे थे। चाँद उनके प्यार को देखकर मंद-मंद मुस्करा रहा था। हवा के हल्के झोंकों ने थपकियाँ दे देकर दोनों को सुला दिया।

# बयालीस

अपने प्यारे बच्चों को खो देना शायद मनुष्य के जीवन की सबसे बड़ी दुर्घटना है। खो देने से मतलब 'मृत्यु' नहीं है। यदि कोई बच्चा कुछ देर के लिये ही खो जाये तो हम सोचेंगे अभी आता होगा। कोई पड़ोसी यदि देखेगा तो अवश्य पहुँचा जायेगा। फिर भी मन में अजीब सी बेचैनी होती है।

परंतु यदि पड़ोसियों को या पुलिस को कुछ खबर भी हो और घंटों बीत जाये और शाम हो जाये और आप का बच्चा वापस न आये, तो आप घर पर बैठे नहीं रह सकते। आप सड़कों पर चक्कर लगाएँगे। उस समय दूसरों की हँसी-खुशी आपको अच्छी न लगेगी। सारा वातावरण दुःखपूर्ण लगेगा। दुःख से आप पागल हो उठेंगे। वर्षों बीत जाएँगे। आप बूढ़े हो जाएँगे। फिर भी आप उसके जीवित होने ही कल्पना ही करते रहेंगे, आप सोचेंगे अब वह बीस वर्ष का हो गया होगा। मि. लेस्ट्रेंज को भी आशा थी कि शायद कोई जहाज उधर से निकला हो। उसने उन दोनों को बचा लिया हो। उन लोगों के बारे में पता देने वाले के लिये दस हजार डॉलर का इनाम उन्होंने घोषित कर रक्खा था। जिसमें सभी छोटे-बड़े इसे जान सकें। शायद कोई मल्लाह ही उन्हें इस बात की सूचना दे।

कई वर्ष बीत गये। कोई समाचार न मिला। एक बार एक समाचार मिला कि 'गिल्बर्ट' द्वीपों में दो बच्चे हैं जो समुद्र में पाये गये थे। परंतु बाद में पता लगा कि वे मि. लेस्ट्रेंज के बच्चे नहीं थे। इस घटना के बाद से एमी और डिकी के जीवित होने की उनको और भी अधिक आशा हो गयी। वैसे तो वह तरह-तरह की दुर्घटनाओं में उनकी मृत्यु के बारे में सोचते रहते थे परंतु मन में उनको यही विश्वास था कि वे अवश्य ही जीवित होंगे। उन्होंने उन बच्चों की खोज बराबर जारी रक्खी। नगर-नगर और बहुत से समुद्र तटों पर वह घूमते रहे कि शायद

उनका कोई सुराग मिल जाये। कई बार कितने ही द्वीपों की खोज में जहाज पर घूमते रहे। परंतु कुछ पता न लग सका। प्रशांत महासागर में तो कितने ही द्वीप ऐसे थे जिनके बारे में कुछ मालूम ही नहीं था।

लगभग अट्ठारह महीने उन्होंने प्रशांत महासागर का चक्कर लगाया। कितने ही स्थानों का पता लगा। परंतु एमी और डिकी न मिले फिर वे सैनफ्रान्सिस्को वापस आ गये। इस आशा से कि शायद कोई उनका समाचार लाया हो। परंतु उन्हें निराश ही होना पड़ा।

# तैंतालीस

''पैलेस' होटल में मिस्टर लेस्ट्रेंज के कई कमरे थे और वहाँ वे एक रईस की भाँति रहते थे। नगर के बड़े-बड़े लोगों से उनकी जान-पहचान थी। उनका व्यवहार ही अच्छा था। यदि कोई थोड़ी देर भी उनसे बात करता तो उनके व्यक्तित्व से प्रभावित हो जाता। बड़ी समझदारी से बातें करते थे। परंतु अधिक संपर्क में रहने पर कोई भी जान सकता था कि बातचीत करते-करते वे किसी विचार में खो जाते हैं। कभी सड़क पर चलते-चलते अपने आप ही बातें करते जाते। एक रात पार्टी के बीच से बिना किसी से कुछ कहे उठकर चले गये और फिर वापस न लौटे।

उस दिन दो जून का सवेरा था। दुर्घटना को पूरे आठ साल पाँच महीने हो गये थे। मि. लेस्ट्रेंज अपने कमरे में बैठे कुछ पढ़ रहे थे। तभी कोने में रक्खे हुये टेलीफोन की घंटी बज उठी। वे धीरे से उठकर उधर गये—

''क्या मि. लेस्ट्रेंज बोल रहे हैं ? देखिए, आपके लिये यहाँ एक समाचार आया है। कृपया मुझसे मिल लीजिए—मैं बनायेकर बोल रहा हूँ।''

एक क्षण को मि. लेस्ट्रेंज रिसीवर पकड़े हुये खड़े ही रह गये। फिर धीरे से रखकर थके हुये अपना सिर हाथों में पकड़कर बैठ गये। थोड़ी देर में वे बनायेकर के आफिस के सामने पहुँच गये। कुछ देर खड़े-खड़े इधर-उधर की भीड़ देखते रहे। फिर सीढ़ियों की ओर बढ़ गये। दरवाजे को धक्का देकर उन्होंने एक बड़े से कमरे में प्रवेश किया। दफ्तर में बड़ी तेजी से काम हो रहा था। कितने ही टाइपराइटर एक साथ आवाजें कर रहे थे। क्लर्क लोग इधर से उधर कागज लेकर आ जा रहे थे। कुछ सिर झुकाकर बैठे हुये काम में जुटे थे। 'बनायेकर' उन्हें देखते ही उठ खड़ा हुआ और अपने आफिस में ले गया।

''क्या समाचार है ?''

''केवल यह पत्र है'' बनायेकर ने एक कागज उसकी ओर बढ़ाते हुये कहा—''साइमन जे फाउंटेन' '45, राथरी स्ट्रीट' लिखते हैं कि उन्होंने एक पुराने समाचार पत्र में आपका विज्ञापन देखा था और वे आपको कुछ सूचना दे सकते हैं ?''

''मैं वहाँ जाऊँगा!'' मि. लेस्ट्रेंज ने कहा।

''क्या आपको 'राथरी स्ट्रीट' मालूम है ?''

''नहीं।''

बनायेकर उठकर एक लड़के को बुला लाया। उसे कुछ समझाकर मि. लेस्ट्रेंज के साथ भेज दिया। मि. लेस्ट्रेंज ने धन्यवाद देकर बनायेकर से विदा ली। राथरी स्ट्रीट, भूकंप आने के पहले साफ सुथरे छोटे मकानों वाली सड़क थी। यहाँ से समुद्र तट का नजारा साफ दिखाई देता था। जहाजों पर सामान चढ़ाने और उतारने का काम चलता रहता था। इस कारण ऐसी आवाजें बराबर होती रहती थीं। 45 नं. का घर भी वैसा ही छोटा सा साफ मकान था। खटखटाने पर एक अधेड़ महिला ने दरवाजा खोला, ''मि. फाउंटेन घर पर हैं ? मैं उनसे विज्ञापन के बारे में बात करना चाहता हूँ।'' ''ओह आप मि. लेस्ट्रेंज हैं ? आइए''—कहते हुये उन्हें अंदर जाने के लिये रास्ता छोड़ दिया। ''वे कुछ बीमार हैं और बिस्तर पर लेटे हैं। परंतु वे शायद आप ही की राह देख रहे थे। आप कुछ इंतजार करिए। अभी मैं आपको उनसे मिलवाती हूँ'' कहकर वह महिला अंदर चली गयी। उन्होंने आठ वर्ष राह देखी थी, तो कुछ मिनटों में क्या हो जाता ? परंतु आज उनसे थोड़ा सा समय भी काटे न कट रहा था। वे दुविधा में पड़े हुये थे। कप्तान से बातें करने में पता नहीं क्यों डर सा लग रहा था। सोचते थे कौन जानें उसके मुँह से कैसी बात निकले ?

छोटा सा साफ-सुथरा कमरा था। हर वस्तु कायदे से अपने स्थान पर सजी हुयी थी। सामने ही चिमनी पर एक जहाज शीशे के केस में सजा हुआ था। तरह-तरह के घोंघे और सीपें भी रक्खी हुयी थीं। पास के कमरे से कुछ आवाजें आ रही थीं। शायद वे लोग उनके स्वागत की तैयारी कर रहे थे। दूर से जहाजों के भोंपू बजने की आवाज आ रही थी—शायद कोई जहाज बदंरगाह छोड़ रहा था। खिड़की से धूप आ रही थी। एक भौंरा कमरे में आकर भन-भन करने लगा। परंतु मि. लेस्ट्रेंज का ध्यान कप्तान की ओर ही था। थोड़ी देर में द्वार खोलकर महिला आयी। ''कप्तान इस कमरे में आने का कष्ट करें।'' कहकर उसने सोने के कमरे का रास्ता दिखाया। यह कमरा भी साफ-सुथरा और सजा हुआ था।

बिस्तर पर पहाड़ के समान एक लंबा-चौड़ा आदमी लेटा हुआ था। चादर उसके विशाल पेट के कारण ऊँची उठी हुयी थी। लंबी दाढ़ी थी। जिसे शायद वह सुधार ही रहा था कि मि. लेस्ट्रेंज ने कमरे में प्रवेश किया। उस आदमी ने धीरे से सिर घुमाकर उनकी ओर देखा।

''यही वह सज्जन हैं साइमन!'' उस महिला ने कहा और द्वार बंद करके बाहर चली गयी।

''बैठ जाइये महाशय!'' कप्तान ने कहा—''मुझे यह तो नहीं मालूम कि आप कौन हैं ? परंतु मेरी स्त्री ने मुझे बताया कि आप विज्ञापन के विषय में कुछ पूछना चाहते हैं!'' कहते हुये उसने पास के स्टूल पर पड़ा हुआ एक समाचार-पत्र उठा लिया। यह तीन वर्ष पुराना 'सिडनी बुलेटिन' था।

''हाँ, यही मेरा विज्ञापन है।'' मि. लेस्ट्रेंज ने कहा।

''बड़े आश्चर्य की बात है कि मैंने इसे कल ही देखा। यह पुराने अखबारों में पड़ा हुआ था। मैं कल भी शायद इसे न देखता। मेरी पत्नी कल इन सबको फेंकने जा रही थी कि मैंने कहा मुझे यह पत्र दो। तभी मेरी नजर इस विज्ञापन पर पड़ी। मैं ह्वैल पकड़ने का काम करता हूँ। लगभग सात वर्ष पहले मेरे एक मल्लाह को, एक दक्षिणी द्वीप के तट पर एक विचित्र वस्तु मिली थी—''

''हाँ-हाँ'' मि. लेस्ट्रेंज ने उत्सुकतापूर्वक पूछा—''क्या थी वह ?''

उस कप्तान ने अपनी पत्नी को बुलाया और कहा—''जरा मेरी चाभी का गुच्छा मेरे कोट में से निकालना।'' एक चाभी खोजकर उसने अपनी पत्नी को दी और सामने का एक ड्रावर खोलने को कहा। शायद उसकी पत्नी को पता था कि उसे क्या चाहिए। ड्रावर खोलकर उसने एक डिब्बा निकालकर उसकी ओर बढ़ा दिया।

दफ़्ती का एक डिब्बा था धागे से बँधा हुआ। धागा खोलकर उसने डिब्बे का ढकना हटा दिया, उसमें वही छोटा-सा चाय के बर्तनों का सेट रक्खा था। यह वही डिब्बा था जो एमी से हमेशा ही खो जाया करता था और फिर खो गया था। मि. लेस्ट्रेंज ने दोनों हाथों में उसे दबा लिया। उनकी आँखों के आगे फिर वही दृश्य आने लगे। कप्तान चाय का सेट डिब्बे से निकालकर सामने पड़े हुये समाचार पत्र पर रखने लगा।

''तुम्हें यह कब मिला ?'' सिर झुकाए हुये ही मि. लेस्ट्रेंज ने कहा। उनका गला भर आया था।

''लगभग सात वर्ष पहले की बात है। हम लोग दक्षिण की ओर एक नारियल

के वृक्षों वाले द्वीप की ओर पहुँचे। हम लोगों के ही एक आदमी ने इसे झील के किनारे देखा।''

''क्या उस द्वीप पर इस डिब्बे के सिवा और कोई न था ?'' मि. लेस्ट्रेंज ने टोककर पूछा।

''नहीं, वह बिलकुल सुनसान द्वीप था। कोई आवाज भी नहीं सुनाई दे रही थी। और मुझे अधिक समय भी न था। 'ह्वेल' की खोज में जाना था।''

''कितना बड़ा द्वीप था ?''

''ओह साधारण था, बहुत बड़ा न था। उस पर कोई निवासी भी न था। खैर—क्या आप इस डिब्बे को पहचानते हैं।''

''हाँ, मैं पहचानता हूँ।''

''आश्चर्य की बात है कि मैं इसे इतने वर्षों से सँभालकर रक्खे रहा। अचानक कल आपका विज्ञापन भी दिखाई पड़ गया !''

''अवश्य ही आश्चर्य की बात है।''

''वे द्वीप में अवश्य होंगे और हम लोगों को देखकर छिप गये होंगे। हो सकता है वे अब भी वहीं हों।'' कप्तान ने कहा।

''वे वहीं होंगे'', दृढ़ता से मि. लेस्ट्रेंज ने कहा जैसे उन्हें कोई अदृश्य प्रेरणा दे रहा हो। ''क्या आप उस द्वीप की भौगोलिक स्थिति बता सकते हैं।''

''हाँ!'' कप्तान ने अपनी पत्नी से एक नक्शा निकालने को कहा।

नक्शा हाथ में लेकर उसने मि. लेस्ट्रेंज को समझाना शुरू किया—

''यहाँ देखो इस ओर से मैं गया और यहाँ पहुँचा। यहीं वह डिब्बा मिला था। लगभग तीन वर्ष और आठ मास तक हम लोग प्रशांत सागर पर ही इधर-उधर घूमते रहे और जब हम लोग नाउटू चीट द्वीप में उतरे तो केवल तीन लोग बचे थे। अब तक हम लोग इस डिब्बे के बारे में बिलकुल भूल चुके थे। लगभग डेढ़ महीने हम वहीं रहे। इस बीच जहाज की मरम्मत करवाई। इसके बाद फिर हम लोगों का जहाज ह्वेल की खोज में चल पड़ा।

फिर—'हानोलूलू' पहुँचकर मैं बीमार पड़ गया, और हम लोगों को वापस लौटना पड़ा।

''मैंने जो पुरस्कार विज्ञापन में छपाया था वह आप ही को मिलेगा। यदि मेरे पास चेकबुक होती तो अभी ही आपको दे देता। इस सूचना के लिये आपको बहुत-बहुत धन्यवाद!'' कहते हुये मि. लेस्ट्रेंज ने कप्तान से हाथ मिलाया।

''नहीं महाशय यदि आपको इस सूचना से कुछ लाभ हो तो मैं थोड़ा बहुत

ले लेने को राजी हूँ। परंतु इस छोटे से डिब्बे के बदले दस हजार डॉलर मैं न ले सकूँगा।''

''इस समय तो मेरा दिमाग काम नहीं कर रहा है। इस कारण मैं आपको ठीक से धन्यवाद भी नहीं दे पा रहा हूँ। परंतु आपको इसका पुरस्कार लेना ही होगा।''

''अच्छा आपने उनको खोजने की क्या योजना बनायी है ?'' चाय के सेट को ठीक से डिब्बे में रखते हुये कप्तान ने पूछा। ''मैं एक जहाज किराये पर लूँगा।''

''हाँ, शायद यही ठीक रहेगा!'' चम्मच को कागज में सावधानी से लपेटते हुये उसने कहा। यद्यपि मन में वह सोच रहा था कि मि. लेस्ट्रेंज की खोज व्यर्थ ही होगी।

''लेकिन सवाल यह है कि मुझे जल्दी से जल्दी जहाज किस प्रकार मिल सकता है।''

मि. लेस्ट्रेंज ने पूछा।

''इस काम में मैं आपकी मदद कर सकता हूँ'' डिब्बे पर तागा लपेटते हुये कप्तान ने कहा–''आपको शायद एक छोटे, पालदार जहाज की आवश्यकता होगी। कुछ ही दिनों में एक जहाज आपको तैयार मिल जाएगा।'' कहते हुये उसने अपनी पत्नी को पुकारा।

मि. लेस्ट्रेंज इस समय किसी दूसरी दुनिया में पहुँच गये थे, जहाँ केवल खुशी ही खुशी थी।

''क्या कप्तान स्टैनी स्ट्रीट घर पर होंगे इस समय ?''

''मुझे नहीं मालूम, पर मैं जाकर अभी देख आती हूँ।'' उसकी पत्नी ने बाहर जाते हुये कहा।

''वह यहीं पास में रहते हैं। वे ही आपके लिये ठीक रहेंगे। सैनफ्रान्सिको में शायद सबसे चतुर कप्तान हैं। उनके जहाज का नाम है 'राण्टोगा।'' मि. स्टैनी स्ट्रीट उसके कप्तान हैं और मैकविटी उसके मालिक। उनके जहाज पर अभी इसी वर्ष नये पाल लगे हैं। मैं आपको उस जहाज के लिये होशियार मल्लाह भी खोज दूँगा।'' तभी किसी के भारी पैरों से चलने की आवास सुनाई दी और मि. स्टैनी स्ट्रीट ने प्रवेश किया। वह लगभग तीस वर्षीय, स्वस्थ और फुर्तीला युवक था। कप्तान फाउन्टेन ने मि. लेस्ट्रेंज से उनका परिचय कराया। कुछ बातें करने के बाद मि. स्टैनी स्ट्रीट ने कहा–''यदि आपको कष्ट न हो तो मेरे साथ आइये।

मैं आपको अभी ही अपना जहाज दिखा दूँ। मि. लेस्ट्रेंज ने वह डिब्बा उठा लिया और दोनों कप्तान फाउन्टेन से विदा लेकर चल दिये। सचमुच ही बहुत सुंदर और शांतिदायक लग रहा था। देखते ही मि. लेस्ट्रेंज ने उसे पसंद कर लिया। ''यह मेरा जहाज है। आपको कैसा लगा ?''

''ठीक है, किराया कितना लगेगा ?''

# चवालीस

दस मई को उनका जहाज बिल्कुल तैयार हो गया और सुबह ही वे लोग सैनफ्रान्सिको के बंदरगाह से रवाना हो गये। 'राण्टोगा' की सुंदरता देखने योग्य थी। वह बिलकुल जहाजों की रानी सी लग रही थी। पहले कुछ दिन तो दक्षिण की ओर ही चलते गये परंतु बाद में हवा के बहाव के कारण उन्हें अपनी दिशा बदलनी पड़ी।

मि. लेस्ट्रेंज को उत्सुकता तो थी ही उन बच्चों के बारे में चिंता भी बहुत थी। उन्हें लग रहा था कि कोई दूर से उन्हें खींच रहा है, और कह रहा है कि उन पर कोई मुसीबत आ गयी है। हवा उल्टी दिशा में चल रही थी। इसलिये मि. लेस्ट्रेंज और भी अधिक चिंतित हो गये। हवा का हर झोंका उनकी चिंता को ऐसा ही बढ़ा देता था, जैसे हवा लगने से कोई जलता हुआ अंगारा भभक उठता है। कई दिन तक ऐसा ही वातावरण रहा। अंत में शायद उनकी दशा देखकर हवाओं को तरस आ गया, और उनका वेग कम हो गया। अब हवा मधुर संगीत सुनाती हुयी उनके जहाज के पास से धीरे-धीरे निकल रही थी और उन्हें तंग न करती थी। लगभग पाँच सौ मील वे इसी प्रकार आराम से चले आये। इसके बाद हवा फिर बंद हो गयी। सागर एक दम शांत हो गया। ऊपर विशाल नीला आकाश था और क्षितिज पर कुछ हल्के-फुल्के बादल दौड़ लगा रहे थे। सागर इतना शांत था कि लहरों का नामो-निशान तक न था। हरी-भरी समुद्री घास कहीं-कहीं तैरती हुयी सतह पर दिखाई दे जाती थी। दो दिन इसी तरह बीत गये। तीसरे दिन उत्तरी हवाएँ चलने लगीं। लहरों ने भारी से स्वर में अपना गीत शुरू कर दिया। नाव के पाल खुशी से झूमने लगे। वे उसी दिशा में आगे बढ़ते गये।

मि. स्टैनीस्ट्रीट बहुत ही मेहनती और होशियार कप्तान थे। जितने मेहनती थे उतने ही व्यवहार कुशल और बुद्धिमान भी थे।

एक दिन मि. लेस्ट्रेंज डेक पर टहल रहे थे। मि. स्टैनीस्ट्रीट एक ओर बैठे हुये थे।

"क्या आप सपनों पर विश्वास नहीं करते ?" मि. लेस्ट्रेंज ने पूछा।

"आपको कैसे मालूम हुआ ?"

"ओह, मैंने तो यों ही पूछा। क्योंकि बहुत लोग नहीं करते।"

"हाँ, परंतु अधिकतर लोग विश्वास करते हैं।" कप्तान ने कहा।

"मैं भी करता हूँ।" मि. लेस्ट्रेंज ने कहा।

कुछ देर बाद उन्होंने फिर कहना शुरू किया–"आप तो मेरी परेशानियाँ जानते हैं। मैं आपको अपनी बातों में परेशान नहीं करना चाहता। पर मुझे ऐसा लगता है कि मैंने जागते हुये में ही एक स्वप्न देखा है।

"क्या देखा है ?"

"मेरी समझ में नहीं आ रहा है कि मैं आपको कैसे बताऊँ।"

"मैं सोचता हूँ कि मुझे मालूम है कि आप क्या कहना चाहते हैं।"

"नहीं, तुम नहीं समझ सकते। यह बिल्कुल आश्चर्यजनक बात है। मेरी उम्र अब लगभग पचास वर्ष की है। इन पचास वर्षों में मुझे ऐसे-ऐसे अनुभव हुये हैं, वैसा पहले कभी न लगा। आप सोच रहे होंगे कि मैं पागल हूँ। परंतु मुझे लग रहा है कि अवश्य कोई दुर्घटना होने वाली है–अच्छा जाने दें इन बातों को और सपनों को–अब हम लोग कोई और बात करेंगे। आपको मालूम होगा कि मेरे दो बच्चे खो गये थे।"

"मैं सोचता हूँ कि वे मुझे वहीं मिलेंगे जहाँ कप्तान फाउन्टेन ने बताया है परंतु उन्होंने बताया है कि वह द्वीप निर्जन है।"

"नहीं, उन्होंने केवल समुद्र तट की बात बतायी थी, पूरे द्वीप का हाल उन्हें नहीं मालूम था।" मि. स्टैनीस्ट्रीट ने कहा।

"हाँ, हो सकता है द्वीप में कुछ लोग रहते हों जिन्होंने उन दोनों बच्चों को अपने साथ रख लिया हो।"

"वे अब बड़े हो गये होंगे और जंगलियों की भाँति ही रहते होंगे। परंतु इधर द्वीपों के निवासी कुछ सभ्य हैं। गोरे रंग के हैं। हाँ कुछ तो अवश्य ही जंगली हैं, यदि उन लोगों ने उन बच्चों को पाल लिया हो–" मि. लेस्ट्रेंज ने भय से साँस रोक ली। उन्हें इसी बात का डर था यद्यपि उन्होंने कभी किसी से कहा न था।

"वे जंगलियों में ही पले होंगे ?"

"मैं तो यही सोचता हूँ।"

मि. लेस्ट्रेंज ने एक आह भरी। वे उदास हो उठे।

"हम लोग जंगलियों को बहुत नीचा समझते हैं, परंतु जहाँ तक मैं सोचता हूँ उनसे अधिक सुखी और कौन होगा ?"

"यह आप कैसे कह रहे हैं ?" मि. लेस्ट्रेंज ने पूछा।

"वे आजाद वातावरण में रहते हैं, कोई बंधन नहीं, कोई चिंता नहीं। प्रकृति की गोद में पलते हैं। पूर्ण स्वस्थ होते हैं। उन्हें किसी दफ्तर की खिड़की से सूर्य के दर्शन करने का प्रयत्न नहीं करना पड़ता और न किसी कारखाने की चिमनी के धुएँ के बीच से चाँद की प्रतीक्षा करनी पड़ती है।"

"हो सकता है वे बच्चे भी स्वंतत्र हो और प्रकृति की गोद में ही पले हों ?"

"हाँ"

"सूर्यास्त होते ही सो जाते होंगे ? तारों भरे आकाश के नीचे रातें बिताते होंगे"—एक बिंदु पर एकटक देखते हुये मि. लेस्ट्रेंज ने कहा—"वे आजादी से वहाँ विचरते होंगे, तो क्या उन्हें वहाँ से ले आना उन पर अत्याचार न होगा।"

"मैं सोचता हूँ कि अवश्य ही यह उन पर अत्याचार होगा।" मि. स्टैनीस्ट्रीट ने कहा। इस पर मि. लेस्ट्रेंज ने कुछ न कहा। वे चुपचाप कुछ सोचते रहे।

एक दिन शाम को मि. स्टैनीस्ट्रीट ने कहा—"अब हम लोग द्वीप से लगभग ढाई सौ मील की दूरी पर हैं। हम लोग शायद कल इसी समय तक वहाँ पहुँच जाएँगे।"

"मैं इस समय बहुत परेशान हूँ।" मि. लेस्ट्रेंज ने कहा।

मि. स्टैनीस्ट्रीट सिर हिलाकर वहाँ से चल दिये और सुबह यद्यपि वायु अधिक अनुकूल न थी, फिर भी रात भर में उन्होंने काफी दूरी तय कर ली थी। लगभग ग्यारह बजे, हवा बिलकुल ही बंद हो गयी और जहाज बहुत धीरे-धीरे चल रहा था। मि. लेस्ट्रेंज और मि. स्टैनीस्ट्रीट डेक पर टहल रहे थे। एकाएक कोई चीज देखकर मि. स्टैनीस्ट्रीट जहाज के मस्तूल में रस्से से बनी हुयी सीढ़ी पर चढ़ गये और ध्यान से देखने लगे।

"क्या है ?" मि. लेस्ट्रेंज ने पूछा। "एक नाव है, जरा मुझे दूरबीन दीजिए।"

दूरबीन लेकर वह काफी देर तक उधर ही देखते रहे, बिना कुछ बोले हुये।

"एक छोटी सी नाव है। ठहरो ! उसमें शायद कोई सफेद सी चीज भी पड़ी हुयी है!" जोर से चिल्लाकर उन्होंने मल्लाह से कहा—"देखो इसी दिशा में बढ़ते जाओ!" और वे डेक पर उतर आये।

"क्या नाव में कोई है ?" मि. लेस्ट्रेंज ने पूछा।

"कह नहीं सकता। पर हम लोग उसी की ओर चल रहे हैं।" कहकर उन्होंने मल्लाह को एक छोटी नाव निकालने को कहा। पास पहुँचने पर वह नाव भी साफ होती गयी, उसमें कोई चीज भी थी परंतु यह पता न लग रहा था कि क्या है। मि. लेस्ट्रेंज और मि. स्टैनीस्ट्रीट उस छोटी नाव को लेकर राण्टोगा से उतर पड़े और उसी ओर चल दिये। पास पहुँचकर स्टैनीस्ट्रीट ने उसका अगला हिस्सा आगे झुककर पकड़ लिया।

नाव में उन्होंने उस सुंदर युवती देखी। उसके शरीर पर एक छोटे से कपड़े के सिवा कुछ न था। उसका एक हाथ अपने साथी के गले में पड़ा हुआ था। सीने से चिपका हुआ छोटा बच्चा था। वे अवश्य ही उसी द्वीप के वासी थे। उनके सीने धीरे-धीरे उठ बैठ रहे थे। युवती के हाथ में किसी झाड़ी की एक डाल थी, जिसमें एक लाल छोटा सा फल लगा हुआ था।

"क्या मरे हुये हैं ?" मि. लेस्ट्रेंज ने पूछा। वे अपनी नाव पर खड़े होकर उन्हें देखने का प्रयत्न कर रहे थे।

"नहीं! मि. स्टैनीस्ट्रीट ने कहा—"वे सो रहे हैं !"

❑❑❑